RECLAMADA POR SUS PAREJAS

PROGRAMA DE NOVIAS INTERESTELARES®:
LIBRO 3

GRACE GOODWIN

BOLETÍN DE NOTICIAS EN ESPAÑOL

FORMA PARTE DE MI LISTA DE ENVÍO PARA SER DE LOS PRIMEROS EN SABER SOBRE NUEVAS ENTREGAS, LIBROS GRATUITOS, PRECIOS ESPECIALES, Y OTROS REGALOS DE NUESTROS AUTORES.

http://ksapublishers.com/s/c5

Copyright © 2016 por Grace Goodwin

Todos los derechos reservados. Ninguna parte de este libro puede ser reproducida o transmitida de ninguna forma ni por ningún medio, ya sea eléctrico, digital o mecánico, incluidas, entre otras, fotocopias, grabaciones, escaneos o cualquier tipo de sistema de almacenamiento y de recuperación de datos sin el permiso expreso y por escrito del autor.

Publicado por Grace Goodwin con KSA Publishing Consultants, Inc.

Goodwin, Grace

Reclamada por sus parejas

Diseño de la portada por KSA Publishing Consultants, Inc. 2020
Imágenes por Deposit Photos: nazarov.dnepr, magann

Nota del editor:
Este libro ha sido escrito exclusivamente para una *audiencia adulta*.
Azotes y otras actividades sexuales que estén incluidas en este libro son fantasías estrictamente dirigidas a adultos, y no son aprobadas ni promovidas por el autor o editor.

1

Leah

Traté de luchar contra las sensaciones. Realmente lo hice, pero la polla que me llenaba se sentía demasiado bien. Incluso traté de luchar contra *él*, pero lo único que logré fue tener un conjunto de esposas de cuero alrededor de mis muñecas. Estaba sobre mis manos y rodillas, con mi cuerpo presionado contra una extraña mesa acolchada. Mis esposas estaban unidas a los anillos, por lo que no podía moverme. Tiré de ellas una vez, dos veces, pero no cedían. Mi culo estaba alto en el aire, con la polla de mi pareja profundamente dentro de mí. Creo que estaba atada sobre un extraño caballo de madera mientras alguien me *montaba*. Estaba completamente a su merced y no podía hacer otra cosa que sucumbir al poder de su cuerpo mientras tomaba el mío.

Su polla podía ser parte de él, de carne y hueso, aunque muy dura y muy grande, pero la empuñaba como un arma diseñada para someterme. Una vez que me llenara con su semilla, una vez que su esencia cubriera mis paredes internas, que llenara mi vientre, no habría vuelta atrás. Añoraría su contacto y su sabor. Lo *necesitaría* para que me llenara, para que me tomara, para que reclamara mi cuerpo para siempre. Ahora, con él abriéndome con pericia, con mi trasero desnudo ardiendo por el escozor provocado por su mano y mi coño encendido por el contacto con su lengua experta, no quería resistirme más.

Antes, tenía miedo. Ahora, simplemente tenía hambre. Ansias.

Él no era cruel; todo lo contrario, de hecho. Con la polla de mi pareja moviéndose dentro de mí, llenándome por completo por detrás antes de retirarse, una y otra vez, mi miedo desapareció. Yo era suya ahora. Él me poseería en cuerpo y alma, era fuerte, un guerrero. Él me protegería. Y me follaría. Él me mantendría en línea con su mano firme, pero también me daría placer, seguridad y un hogar. Todos estos pensamientos inundaban mi mente mientras este poderoso macho me hacía suya para siempre y su pene invadía mi cuerpo una y otra vez al abrirme para él.

Sus grandes manos rozaron mi espalda antes de inclinarse y, cubriéndome con el calor de la fuerza de un guerrero, descansó sus dedos junto a los míos, donde estaba esposada a la mesa. Cuanto más tiempo me tomaba, más apretaba las abrazaderas y más se blanqueaban los nudillos.

Su pecho sudado descansaba sobre mi espalda,

inmovilizándome contra el banco, aumentando la sensación de estar atrapada. Ni siquiera podía escapar de su respiración apresurada, de los sonidos de placer que escapaban de sus labios, ya que estaban justo junto a mi oído.

—¿Sientes eso? —gruñó, moviendo sus caderas y golpeando mi vientre con la dura cabeza de su polla. Él era experto en acariciar lugares secretos y sensibles en lo profundo de mi interior que hacían temblar mi cuerpo y ponían mi mente en blanco, completando mi sumisión. No había nadie más que pudiera hacerme sentir de esta manera. Nadie más había llevado mi cuerpo al límite del más delicioso placer.

Al estar posicionada sobre el banco, mis senos colgaban y ansiaban ser tocados. Mi clítoris estaba hinchado y si él lo rozaba con tan solo la punta de su dedo, yo me correría. Pero me lo negaría por ahora. Me lo negaría hasta que no pudiera aguantarlo, hasta que rogara.

No pude evitar el jadeante «sí» que escapó de mis labios. Podía escuchar los sonidos húmedos de la follada, el signo más claro de mi excitación, llenar la habitación.

—Le temías a mi polla, pero ella solo da placer. Te dije que cabría, que seríamos perfectos —decía mientras me follaba. ¿Cómo podía conocer mi cuerpo tan bien cuando era nuestra primera vez? Una polla jamás me había hecho correrme, solo lo lograba frotando mi clítoris en la cama, sola. Pero ahora esa tarea personal me sería negada. Mi pareja insistió en que nunca volvería a correrme sin permiso. De romper esta regla, me daría unas buenas nalgadas. Ahora que le pertenecía a él, me correría por su voluntad, por su lengua, su mano, su gran polla... o simplemente no lo haría.

—Tu placer es mío.

—Sí —respondí.

—Siento cómo me aprietas.

—Sí —grité, tensándome sobre él una vez más. Era todo lo que podía decir, ya no podía controlarme. Estaba completamente a su merced y todo lo que quería hacer era exactamente lo que él exigía.

—No te correrás hasta que te dé el permiso. —Quitó las manos de la mesa para acariciar mis senos, suavemente al principio, para luego darles un tirón y pellizcarlos tan fuerte que me hizo gemir mientras me penetraba con fuerza, rápida y profundamente. Me provocaba tanto dolor como placer y eso me encantaba—. Eres mía. Tu coño es mío.

—Sí —repetí una y otra vez.

No dejó de montarme, de follarme, de llenarme, de tomarme. De reclamarme. Mi placer aumentaba cada vez más al punto de hacerme sacudir mi cabeza hacia adelante y hacia atrás y tomar las abrazaderas con una desesperación tan grande que temía que mi corazón explotara en mi pecho. No podía respirar. No podía pensar. No podía resistirlo. Estaba allí, justo... allí. La mano de mi pareja rozó mi cadera, recorriendo la piel suavemente redondeada de mi cuerpo hasta que llegó a mi clítoris. Trazó los bordes con su dedo y el sonido que salió de mi garganta fue el suave grito de una criatura en agonía, frenética y perdida. Nada existía para mí, sino su cuerpo, su voz, su aliento, su contacto.

—Córrete ahora —ordenó; su polla era como un

pistón y sus dedos en mi clítoris eran fuertes e implacables.

Mi orgasmo estalló profundamente dentro de mí, ya que no tenía otra opción. No podía resistirlo. No tenía control. Ya no era yo, era suya. Grité mi liberación, con mi cuerpo apretando y soltando su polla, metiéndola más profundamente, para tenerlo completamente dentro de mí. Era como si mi cuerpo ansiara su esencia de vida, como si estuviera desesperado por ella.

Mi liberación provocó la suya. Lo sentí hincharse y crecer aún más antes de gruñir en mi oído y que los calientes pulsos de su semilla me llenaran. Mi cuerpo ordeñó con avidez la esencia de vida de su polla, llevándola hasta lo más profundo.

Tal como lo había prometido, algo en su semilla provocó una reacción física en mí, obligándome a correrme una segunda vez.

—Sí, amor. Sí, absorbe cada gota. Tu cuerpo está cambiando. Me conoce. Debe tenerme. Rogarás por mi polla; anhelarás mi semilla. La necesitarás, la amarás, así como yo te necesito y te amo.

—¡Sí! —gemí de nuevo, sabiendo que sus palabras eran ciertas. Fue un baño caliente de placer que se filtró por mi cuerpo, directamente desde mi coño hacia afuera. Él estaba en lo correcto; ahora que había sentido su poder, lo que él podía darme, era esclava de eso. Yo era esclava de su polla.

—¿Señorita Adams?

—Sí —dije una vez más, mi sueño fusionándose con el presente.

—Señorita Adams, sus pruebas han terminado.

Negué con la cabeza. No. Estaba atada a un banco para follar, me estaban follando y llenando con su semilla. Yo quería quedarme allí. Yo quería... más.

—¡Señorita Adams!

La voz ahora era severa y fuerte. Abrí los ojos rápidamente.

—Dios mío —suspiré, tratando de recuperar el aliento mientras mi coño se apretaba y pulsaba en consecuencia de mis orgasmos. No estaba atada a un banco para follar. Ningún cuerpo masculino fuerte presionaba mi espalda. Estaba en el centro de procesamiento del Programa de Novias Interestelares usando una bata médica. Mis muñecas estaban atrapadas dentro de unas ataduras médicas aseguradas a los bordes de una incómoda silla reclinable, similar a la de un dentista, para la última etapa de preparativos antes de irme del planeta. No me había dado cuenta, cuando conectaron los cables y los sensores, que terminaría en un sueño sexual. Aún sentía los efectos restantes de ello. Mi coño estaba mojado, la parte posterior de mi rasposa bata médica estaba húmeda, mis pezones estaban duros y mis manos se habían vuelto puños. Me sentí exprimida y usada. Me sentí completa.

—Como dije, sus pruebas han terminado. —La alcaidesa Egara estaba de pie frente a mí. Era una joven seria con cabello castaño oscuro y una vista de águila para cada detalle del proceso de emparejamiento. Ojeaba su tableta mientras pasaba su dedo por esta—. Su emparejamiento se ha hecho.

Me lamí los labios secos mientras trataba de calmar mi corazón frenético. La piel de gallina recorrió mi piel sudada. —El sueño... ¿fue real?

—No fue un sueño —respondió ella, de forma pura y dura—. Utilizamos la información sensorial grabada de novias anteriores como ayuda en el proceso de emparejamiento.

—¿Qué? —¿Información grabada?

—Se insertará una unidad de neuroprocesamiento, o UNP, en su cráneo antes de dejar la Tierra. Le ayudará con el idioma y a adaptarse a su nuevo mundo. —Entonces sonrió y la imagen era tan aterradora como perversa—. La UNP está programada para grabar su apareamiento y enviar la información al sistema.

—¿Van a grabarme con mi nueva pareja?

—Sí. Se requiere para el protocolo de emparejamiento. Todas las ceremonias de reclamo son revisadas para asegurar que nuestras novias estén en un lugar seguro y adecuado. —Dejó la tableta a un lado y pude notar el cuello rígido y la falda almidonada de su uniforme. No se veía ni una arruga, no había ni un solo cabello fuera de lugar en su apretado moño. Ella se veía casi como un robot. Pero el fuego en sus ojos mostraba su fervor y dedicación a su trabajo. Su devoción al programa fue claramente evidente en sus siguientes palabras—. Hacemos todo lo posible para asegurarnos de que nuestros guerreros reciban novias dignas. Nos sirven a todos, protegiendo a la Tierra y a todos los planetas miembros de la destrucción total. El sistema usa las reacciones de su cuerpo para sondear su conciencia interna, sus fantasías más oscuras, sus necesidades más íntimas. Lo que no le interesaba fue rápidamente descartado por el programa de emparejamiento. La información sensorial fue filtrada hasta que encontramos un guerrero de un planeta con una coincidencia perfecta.

¿Esa había sido mi pareja? No podía serlo. —No me pueden emparejar con un hombre que me ata. Eso no es lo que quería cuando me ofrecí como voluntaria.

Una oscura ceja se alzó ante el comentario.

—Aparentemente, señorita Adams, eso es exactamente lo que usted desea. Las pruebas revelan la verdad, incluso si su mente lo niega.

Pensé en sus palabras mientras se movía alrededor de la mesa y se sentaba frente a mí. Su impecable uniforme para el Programa de Novias Interestelares coincidía con su fría actitud.

—Usted es un caso inusual, señorita Adams. Si bien recibimos algunas voluntarias, nunca antes habíamos recibido una con sus razones.

Le eché un vistazo a la puerta cerrada por un momento, preocupada de que tal vez ella había llamado a mi prometido y lo habían ido a buscar. Un pánico puro me hizo tirar de las ataduras.

—No se preocupe —dijo, levantando una mano para detenerme—. Usted está a salvo aquí. Si bien ha declarado que los hematomas en su cuerpo provienen de una caída, sentí la necesidad de garantizar que no se le permitiera a nadie verla antes de sacarla del planeta.

Obviamente, la alcaidesa Egara no había creído mi ridícula historia, y me tranquilizó su vehemencia al protegerme. Nunca había esquiado en mi vida. Ni siquiera vivía cerca de una montaña, pero se necesitaba una excusa razonable para los moretones en mi cuerpo y eso fue lo primero que me vino a la mente.

Aunque había asumido que descubrirían los moretones, no tenía idea de que me desnudarían completamente para realizarme exámenes médicos, que luego me pondría una bata de hospital y me examinarían con imágenes y videos completamente inapropiados. Debí haberme quedado dormida, porque no podría haber imaginado todo eso por mi cuenta.

—Gracias —respondí.

No estaba acostumbrada a que las personas fueran amables. Ella se mantuvo callada, como esperando que yo le dijera la verdad. ¿Quería compartir lo que sabía ahora sobre mi prometido? Él había sido tan amable, me había enamorado completamente, hasta que descubrí la verdad. Le escuché decirle a uno de sus hombres que matara a alguien que había hecho fracasar uno de sus acuerdos inmobiliarios. Yo pensaba que los hombres que mantenía a su alrededor eran empleados, guardaespaldas, pero eran sicarios, hombres que utilizaba para intimidar y matar. Una vez que acepté casarme con él, asignó a dos de sus hombres como mis *guardaespaldas* personales. Incluso entonces creía que la razón era simplemente que él era rico y que yo necesitaba protección adicional. Pensé que era considerado y afectuoso al cuidarme de esa manera. ¡Ja! Había sido tan *estúpida*. Aún más estúpida cuando le dije que estaba teniendo dudas sobre nuestra boda. Se había vuelto loco, me agarró y me dijo que nunca me dejaría ir. Nunca.

Cuando amenacé con irme, él silenciosa y fervientemente me explicó que él era mi dueño. Yo fui su propiedad tan pronto como coloqué su anillo de compromiso en mi dedo. Él mataría a cualquiera que besara, torturaría a cualquier hombre que me tocara y luego me castigaría por ello.

Entonces supe que tenía que escapar, pero tendría que encontrar una forma de hacerlo. Había ido al centro comercial en mi auto, como cualquier otro día. Los hombres que me vigilaban siempre estacionaban su auto al lado del mío, me seguían por el centro comercial, pero me permitían deambular sola dentro de las tiendas. Por si acaso, me dirigí directamente al departamento de lencería, donde sabía que siempre me daban mi espacio, para luego recorrer varias tiendas más, dejando mi teléfono celular entre dos estantes de ropa. Me apresuré a la parada del autobús y tomé el autobús hacia el otro lado de la ciudad. Desde allí, tomé un taxi para ir al centro de procesamiento del Programa de Novias Interestelares.

No tenía familia ni amigos. Cuando comenzamos a salir, él había eliminado sistemáticamente a todas las personas de mi vida que me importaban antes de conocerlo. Uno por uno, les había explicado por qué ya no eran contactos apropiados, ya no eran aceptables. Ahora estaba total y completamente sola en el mundo, a su merced. Incluso me había convencido de renunciar a mi trabajo, por lo que no tenía dinero propio.

Necesitaría a Dios y su ayuda, pero incluso un alienígena era mejor que un hombre psicótico y posesivo cuya idea de castigo implicaba la práctica del boxeo, donde yo era el saco de boxeo. Lo sufrí una vez. Nunca más. Pude haber sido tonta, ingenua e, incluso, estado un poco enamorada, pero no más.

Miré por encima de mi hombro durante todo el viaje al centro de procesamiento, temiendo que me rastrearan y me detuvieran antes de que pudiera entrar al edificio. Una vez dentro de las paredes me sentí más segura, pero no me sentiría completamente fuera de su alcance hasta estar fuera del planeta. Solo entonces podría respirar tranquila, segura de que mi prometido nunca podría encontrarme.

Había escuchado sobre el Programa de Novias Interestelares por más de un año, sabiendo que la mayoría de las mujeres que participaban eran prisioneras que buscaban una alternativa a una grave condena en prisión. Algunas, según me enteré, eran voluntarias, pero ninguna podía regresar. Una vez emparejadas con un guerrero alienígena y enviadas fuera del planeta a su pareja, ya no eran ciudadanas de la Tierra y no podían regresar. Al principio, eso había sonado aterrador y ridículo. ¿Quién se ofrecería como *voluntaria* para irse de la Tierra? ¿Qué tan mala podrían ser sus vidas para hacer tal cosa? Ahora lo sabía. La vida de una mujer podía volverse muy, *muy* mala.

Necesitaba estar lo más lejos posible de mi prometido y me preocupaba que no hubiera un lugar en la Tierra que estuviera lo suficientemente lejos. Él me encontraría, luego...

Yo pensé que él sería mi familia. *Familia*. Él me había elegido para ser su esposa porque yo no tenía familia alguna. No tenía lazos, nadie que me protegiera, nadie que evitara que me casara con el imbécil. Él nunca sería mi familia. Nadie en la Tierra me amaba. Como voluntaria del programa de novias, me alegraba saber que no podía regresar. No quería estar en la Tierra por más tiempo. No quería seguir con el miedo de que me persiguiera por el resto de mi vida. Por lo tanto, me iría del planeta al único lugar donde nunca podría encontrarme, nunca me alcanzaría de nuevo.

Y allí me encontraba, con una bata rasposa, bajo el escrutinio de la alcaidesa Egara.

—¿Tiene alguna pregunta?

Me lamí los labios otra vez. —Esta pareja... ¿cómo sé que será... amable? —Si bien me habían sometido a tantas pruebas para el emparejamiento, mi único requisito era que él fuera amable. No quería estar emparejada con un hombre que me golpeara. Si quisiera eso, simplemente podía quedarme aquí en la Tierra y casarme con el imbécil.

—¿Amable? Señorita Adams, creo que entiendo la profundidad de su preocupación, pero su pareja ha sido sometida a las mismas pruebas. De hecho, los guerreros deben someterse a pruebas más rigurosas que las de nuestras novias. No necesita temerle a su pareja, ya que sus mentes subconscientes son las que determinan el emparejamiento. Sus necesidades y deseos se complementan entre sí. Sin embargo, debe recordar que un planeta diferente tiene costumbres diferentes. Una cultura diferente. Tendrá que adaptarse a esto, tendrá que olvidar sus juicios terrenales y sus nociones anticuadas. Tendrá que dejar de lado su miedo a los hombres. Déjelos aquí en la Tierra.

Sus palabras eran sabias, pero era mucho más fácil decirlo que hacerlo. Estaba segura de que permanecería cautelosa por mucho tiempo. —¿A dónde voy?

—A Viken.

Fruncí el ceño. —Nunca he oído hablar del planeta.

—Mmm —respondió, mirando hacia su mesa. —Es la

primera terrestre en ser emparejada allí. Los sueños que vio eran de una hembra de otro planeta y su pareja de Viken. Como pudo ver, era un amante atento, pero a la vez detallista.

Me sonrojé ante el recuerdo.

—Basándonos en esta prueba, creo que estará muy satisfecha con su pareja.

—¿Y si no lo estoy? —¿Y si ella estaba equivocada y él era malo? Él podría ser capaz de blandir su polla como una estrella porno, pero ¿y si él quería que yo no fuera más que una esclava? ¿Y si él me golpeaba como lo había hecho mi prometido?

—Tiene treinta días para cambiar de opinión —respondió—. Recuerde que ha sido emparejada no solo con un hombre, sino con el planeta. Si piensa que su pareja no es aceptable después de treinta días, puede solicitar otro guerrero, pero permanecerá en Viken.

Eso parecía razonable. Suspiré, relajándome ante la idea de que podía hacer mi propia elección al final y que no me regresarían a la Tierra.

—¿Está satisfecha? —preguntó—. ¿Tiene más preguntas? ¿Hay alguna razón para retrasar su transporte?

Ella me miró como ofreciéndome una última oportunidad. Una oportunidad que no tomaría. —No. No hay razón para retrasarlo.

Ella asintió con la cabeza. —Muy bien. Para que quede registrado, señorita Adams, ¿está casada?

—No. —De no haber escapado, lo estaría. En dos semanas.

—¿Tiene hijos?

—No.

—Bien. —Deslizó un dedo por su pantalla nuevamente—. Usted ha sido emparejada formalmente con el planeta Viken. ¿Acepta el emparejamiento?

—Sí —respondí. Siempre que el hombre no fuera malo, iría a cualquier lado para escapar.

—Debido a su respuesta afirmativa, ha sido emparejada oficialmente y se encuentra ahora despojada de su ciudadanía de la Tierra. Ahora es, y siempre será, una novia de Viken. —Llevó la mirada a su pantalla y luego deslizó su dedo sobre esta—. Según la costumbre de Viken, se requieren algunas modificaciones a su cuerpo antes de su transporte.

La alcaidesa Egara se puso de pie y se colocó a mi lado.

—¿Modificaciones? —¿Qué significaba eso? ¿Qué iba a hacer?

Presionó un botón en la pared sobre mi cabeza, lo que hizo que esta se abriera. Mirando por encima de mi hombro, no pude ver más que una tenue iluminación azul. Lo que sí noté fue el brazo grande que se extendía de la pared con una aguja en la punta. —¿Qué es eso?

—No tiene por qué temer. Simplemente estamos implantando su UNP, un requerimiento para todas las novias. Manténgase quieta. Solo toma unos segundos.

El brazo robótico se acercó a mí y clavó la aguja en mi cuello. Hice una mueca por la sorpresa, pero realmente no dolió. De hecho, nada dolía. Mientras la silla se movía hacia atrás para entrar en la habitación con la luz azul, me sentía relajada y tranquila, somnolienta.

—No tiene por qué temer más, señorita Adams. —Al bajar la silla hacia una bañera tibia, agregó—: Su procesamiento comenzará en tres... dos... uno.

2

rogan

—Hemos pasado casi treinta años separados. No veo la necesidad de que estemos juntos ahora. —Crucé los brazos sobre mi pecho mientras miraba a los dos hombres que eran idénticos a mí al otro lado de la habitación. Mis hermanos. Uno tenía el cabello largo, muy por debajo por los hombros, el otro lo tenía muy rapado con una cicatriz en la ceja derecha, pero por lo demás era como mirarse en un espejo. Toda mi vida supe que era trillizo, sabía que habíamos sido separados cuando éramos bebés. Incluso sabía el motivo.

—Las Guerras Sectoriales sucedieron cuando eran infantes. Después de la muerte de sus padres, se decidió separarlos. Se envió un niño para gobernar cada uno de los tres sectores con el fin de equilibrar el poder de su sangre real y poner fin a la guerra. —El regente Bard miró entre nosotros. Él era pequeño y frágil, pero muy poderoso. Podríamos haberlo matado fácilmente con nuestras propias manos, pero sabíamos que su muerte no cambiaría el curso de los acontecimientos. Yo lo sabía, por lo tanto, el derramamiento de sangre era inútil. Como todavía respiraba, mis hermanos debieron de haber llegado a la misma conclusión. Pero a ninguno de nosotros nos tenía que gustar.

De pie junto al regente estaba su segundo al mando, Gyndar. El regente solo ofreció una introducción sencilla, pero por las apariencias, el hombre debía permanecer callado y cumplir las órdenes. No era un joven escudero, novato y ansioso, sino un hombre mayor con una actitud seria y tranquila. Era fácil de olvidar, lo que lo hacía muy bueno en su trabajo. Mis espías me mantuvieron informado de los asuntos del regente, en los cuales Gyndar desempeñó un papel importante como intermediario y negociador, negociando discretamente los acuerdos a puerta cerrada mientras el regente Bard mantenía sus apariciones públicas y su personaje.

—No necesitamos una lección de historia, regente. Todos somos conscientes de que fuimos la razón por la que se creó el tratado, por la que la guerra terminó —dijo Tor.

Fue extraño escuchar mi propia voz viniendo de otra persona. Su largo cabello y el abrigo más pesado que llevaba eran indicaciones de su vida en el Sector Uno, el más frío. Nunca había estado allí, por supuesto, y no tenía ningún interés en tolerar el clima helado.

—Fue una suerte para usted que fuéramos trillizos,

¿verdad, regente? —agregó Lev, quien fue hacia una silla de respaldo alto. Su cabello corto y su mala cara, de alguna manera, lo hacían parecer más frío que Tor, pero yo sabía que estaba equivocado. Mis dos hermanos eran guerreros endurecidos, gobernantes de sus sectores mientras yo gobernaba el mío. El hecho de que hayan sobrevivido estas tres décadas era evidencia de su fuerza e inteligencia.

Pude ver similitudes entre Lev y yo. La forma en la que yo también me sentaba con mis largas piernas estiradas frente a mí. Vi que Lev arqueaba sus cejas y, a excepción de la cicatriz, era como el reflejo de un espejo. Él también compartía mi disgusto y desinterés en las conspiraciones y las maniobras de la política. Ninguno de mis dos hermanos estaba disfrutando de esta reunión más que yo. Era un inconveniente, algo que todos teníamos que tolerar.

El hombre mayor asintió. —Fue gracias al destino, creo, que sus nacimientos trajeran la paz a Viken.

Miré a un hermano, luego al otro, antes de hablar. —Y, sin embargo, *nosotros* no tenemos paz. *Nosotros* tenemos que emparejarnos con una mujer de otro planeta. *¿Nosotros* debemos dejar nuestros hogares y nuestra gente atrás para vivir aquí, para vivir juntos y *compartir* una novia? Nos pide esto después de que hemos vivido todas nuestras vidas en diferentes sectores.

—Puede que hayamos nacido hermanos, regente, pero ahora somos enemigos —agregó Tor. Asentí con la cabeza, al igual que Lev. No tenía ningún deseo de caerles encima a mis hermanos y asesinarlos, pero mi lealtad estaba con la gente de mi sector, así como la lealtad de mis hermanos estaba con la gente de sus propios sectores. Nacimos hermanos en sangre, pero nuestra lealtad les pertenecía a nuestros hogares. A las personas que gobernábamos. A las personas que nos necesitaban para protegerlos y proveerles.

—¿Enemigos? —cuestionó el regente Bard—. No. Hermanos. Hermanos idénticos, con ADN idéntico, que ahora reclamarán una pareja y se reproducirán con ella.

—Entonces no es a nosotros a los que quiere. —Lev alzó sus manos. Si bien parecía relajado, sabía que no era así. Cómo lo sabía, no estaba seguro, pero podía sentir cosas de estos otros dos hombres que no podía de los demás. ¿Era porque éramos trillizos o porque teníamos un lazo de alguna otra manera?— Sino al bebé que haremos.

El viejo no lo discutió. —Sí. Este niño unirá los tres sectores nuevamente, se convertirá en el gobernante de los tres. En igualdad. Unidos. Juntos. Viken se unirá una vez más bajo un solo poder, un solo gobernante. Las guerras terminarán de una vez por todas.

—Yo, por mi parte, no deseo una novia alienígena. Si la unidad es su objetivo, deberíamos reclamar una pareja de Viken —dijo Tor, apoyado contra una de las paredes de la habitación.

Estábamos en Viken Unido, una pequeña isla con un puñado de edificios gubernamentales. Este era el lugar al que llegaban todos los visitantes interestelares, donde tomaban lugar todas las reuniones formales entre los sectores. El gigantesco edificio central blanco con sus pináculos empinados y estatuas dedicadas a los tres sectores, la flecha, la espada y el escudo, era el único lugar considerado territorio neutral para los tres sectores.

Se dejaban las armas en la frontera. Era un área segura, una zona pacífica donde la tensión podría resolverse.

Si bien la guerra había terminado décadas atrás, la animosidad era profunda. Las culturas cambiaban. Mis hermanos no me agradaban solamente por principios. No sabía nada de ellos aparte de cómo se veían. Nuestros cuerpos eran idénticos, por lo tanto, sabía que la polla de Tor se inclinaba hacia la izquierda y que Lev tenía una marca de nacimiento en la parte superior de la espalda. Del resto, eramos criaturas de nuestra gente, criaturas de nuestros sectores.

—No hay una mujer Viken viva que pueda ser verdaderamente neutral. —Miró entre los tres—. ¿Reclamarían una pareja de otro sector?

Todos sacudimos la cabeza. Sería imposible aparearse y follar con una mujer de otro sector. Ella me detestaría y yo la *toleraría*. Esa no era la intención de una pareja y todos lo sabíamos. El vínculo tenía que ser fuerte, poderoso. Una vez apareados, la conexión era más poderosa que cualquier otra cosa en Viken.

—Por lo tanto, se les ha emparejado con una mujer de otro planeta. Una mujer de la Tierra.

—¿A cuál de nosotros? —le pregunté—. No se nos requiere a los tres para esto. Seguramente uno de mis hermanos sabe lo suficiente sobre una mujer para reproducirse.

Los hombres no discutieron conmigo. Si se parecían a mí, entonces reproducirse con una mujer no sería una dificultad o un problema.

—Uno no es suficiente. —Puedo jurar que el regente Bard hizo la pausa para lograr el efecto—. Todos ustedes deben reproducirse. Y debe hacerse uno detrás del otro en cuestión de minutos. Todos deben tener las mismas posibilidades de engendrar al niño.

Los tres nos miramos, pero no dijimos nada. Sin embargo, sabía lo que estaban pensando. No podía *escuchar* sus palabras exactas, pero lo sabía de todas maneras. —Yo no comparto, regente. Aceptaré una novia, si insiste, pero no la compartiré.

—Entonces habrá guerra. —Ante las palabras del regente, Lev cambió su postura y Tor endureció su mala cara—. Ustedes tres son lo que queda del linaje real. El planeta entero reconoce su reclamo del trono de Viken. Deben reclamar una novia juntos. Deben superar sus diferencias y llevar a su pueblo a una nueva era de paz. Debemos dejar de luchar entre nosotros y centrarnos en los grupos de batalla interestelar. Ya no tenemos la libertad de luchar entre nosotros como niños. El enemigo externo se acerca y nuestros guerreros no se han ofrecido como voluntarios. En cambio, se quedan en casa e invaden el territorio del otro como niños mimados.

El regente respiró hondo, su diatriba era una que ya había escuchado muchas veces. Por la expresión en los rostros de mis hermanos, las palabras del regente tampoco eran nuevas para ellos. —Ustedes tres son idénticos en todos los sentidos. Su semilla es idéntica, por lo tanto, cualquier niño de la unión de apareamiento los representará a ustedes tres, a los tres sectores.

—Entonces no tenemos que hacer esto juntos —dije—.

Cualquiera de ellos puede quedarse con la mujer. —Hice un ademán con la cabeza en dirección de mis hermanos.

Siempre que no fuera yo quien terminara con la hembra. No la necesitaba. Los hombres de Viken atesoraban a sus hembras e hijos, pero como no tenía que preocuparme por complacer a una mujer o por domesticarla, la vida era mucho más simple. Cuando quería una mujer en mi cama, tomaba una. Cuando terminaba, ella continuaba con su vida, así como yo con la mía. Realmente no necesitaba reproducirme con una hembra por ningún motivo. Los niños significaban devoción y una familia, algo que yo no quería. Según se dice, nuestros padres tuvieron un amoroso apareamiento, pero miren hacia dónde los llevó. A la muerte. No necesitaba traer una mujer a Viken y hacer que la mataran por razones políticas.

—No quiero una pareja —dijo Tor—. Él puede quedársela —señaló a Lev.

—¿Yo? No quiero una pareja.

El regente estaba tan jodidamente calmado, tan decidido a arreglar el planeta antes de su muerte. Él *era* viejo y frágil. A diferencia de nosotros tres, él había sido testigo de un Viken pacífico. —Ya se ha hecho. Ella ha sido emparejada con ustedes tres. Como hombres de Viken, ustedes conocen su responsabilidad.

Responsabilidad. Eso me fue impuesto desde muy temprana edad. Estaba la responsabilidad de dirigir el planeta, pero no de reproducirme con una mujer junto con mis hermanos distanciados.

—Nosotros no queremos esto —le dije, hablando en

nombre de mis hermanos también. Al asentir, esa fue quizás la primera cosa en la que estuvimos de acuerdo.

—¿Y aceptarán todos y nombrarán al hijo de su hermano como su sucesor?

—No. —Las cejas de Lev se arquearon de nuevo.

—Nunca. —Las manos de Tor se cerraron en puños.

No respondí, porque mi respuesta era la misma. No. Nunca. Nunca dejaría a mi pueblo con la descendencia de otro hombre. Ellos eran mi pueblo. Mi hijo heredaría el manto sagrado del liderazgo.

—Y ahora lo entienden. Todos deben aparearse con ella. —El regente levantó su mano para silenciarme cuando abrí mi boca para discutir—. No se les pidió nacer los tres como gobernantes del planeta. Ustedes no pidieron ser separados de infantes. Estaban destinado a estar juntos, como uno. Nacieron para gobernar, pero su vida ha estado, y estará, llena de sacrificios. Por el bien del planeta, por las generaciones futuras, la lucha debe terminar. Nuestros guerreros deben levantarse una vez más al servicio de la Coalición Interestelar. Debemos proteger nuestro planeta de la Colmena, no luchar entre nosotros. Si no cumplimos con nuestra cuota de guerreros, seremos eliminados de la protección de la coalición. Recibí noticias de que tenemos dieciocho meses para cumplir, para contribuir una vez más con el programa de novias y las filas de guerreros, o abandonarán a Viken. Vería a Viken unificado y fuerte de nuevo. Protegido. Orgulloso. Antes de morir, debemos colocar a Viken nuevamente en su lugar como una poderosa fuerza en la lucha contra la Colmena.

La Colmena era una raza de seres artificiales que

mataban indiscriminadamente en su búsqueda de recursos y nuevos seres biológicos para asimilarlos a su equipo. Tomaron a todas las formas de vida libres y les implantaron tecnología, neuroprocesadores y mecanismos de control que robaban la mente y el alma de una criatura viviente. Todos los planetas miembros de la Coalición Interestelar contribuían con recursos, barcos y guerreros para la batalla en curso con la Colmena y su mal indiscriminado.

Se debía detener a la Colmena. Y el regente estaba en lo cierto. Viken no había enviado su cuota completa de guerreros o novias durante muchos años. No se me había ocurrido la idea de que nos abandonarían. La amenaza al planeta era real e inaceptable. Dos ciclos solares apenas eran suficiente para reproducirse con una hembra y ver nacer al niño. Lo que significaba que no teníamos más tiempo ni opciones. Lo odié por esto, por decirnos la verdad. Pero sabía lo que debía hacerse, sin importar cuánto no quisiera pensar en eso.

—Han permanecido fuera del reino de la política y el gobierno interestelar, hasta el momento. Ahora, deben acercarse al manto y aceptar las responsabilidades con las que deben cargar por nacimiento. Debe protegerse todo Viken. Debemos estar unidos. Viken debe ser fuerte. Esa es la verdad y es el sueño por el cual sus padres sacrificaron sus vidas.

Lev gruñó. —Ellos no *murieron* por la paz, sino por la guerra. Las facciones rebeldes los cazaron y asesinaron en un intento de obtener poder. La guerra civil de Viken terminó porque nos separó, no porque nos haya mantenido juntos.

—Entonces eran bebés y aún no podían gobernar —agregó el regente—. Ahora, ahora han regresado a Viken Unido, al sector central de nuestro planeta para traer la paz, no como una medida a corto plazo, como fue su relocación, sino para siempre. Ustedes tres deben dejar de lado sus diferencias y convertirse en un verdadero frente unido. Juntos serán poderosos. Tres hermanos. Un niño. Un futuro.

—Joder —murmuró Tor. Eso era lo que yo sentía también. No había escapatoria del plan del regente. No había escapatoria de la necesidad de proteger a nuestra gente de la Colmena y las facciones rebeldes en nuestro propio mundo. Los rebeldes querían volver a las costumbres tribales, a un centenar de sectores diferentes, cada uno con su propio gobernante, su propia agenda. Querían volver a la forma en la que Viken vivió cientos de años atrás, antes de que nos convirtiéramos en un miembro de la comunidad interestelar, antes de que Viken fuera un planeta entre muchos otros.

Los líderes de las facciones rebeldes querían guerra y lucha, cada uno quería gobernar su propio pequeño reino con control absoluto y puños de hierro. Querían creer que eran omnipotentes. Dioses.

Eran ideas anticuadas, restos de miles de años de cultura. No tenían cabida en el nuevo mundo, en un mundo donde la Colmena podría arrasar con la población de todo nuestro planeta en cuestión de semanas si nuestras estúpidas convicciones lo dejaban desprotegido. Necesitábamos a nuestros guerreros en el espacio, en los acorazados, no discutiendo sobre cultivos de traspatio y mujeres.

Reclamada por sus parejas

—Podría habernos dicho sobre las demandas de la coalición, sobre la disminución de las cuotas de los guerreros —dije—. Podría habernos contado su plan, sobre nuestra novia.

Mis hermanos cruzaron sus brazos sobre sus pechos y asintieron.

El anciano arqueó una ceja gris. —¿Y lo hubieran aceptado? ¿Se hubieran sometido al proceso de emparejamiento? —El regente inclinó su cabeza, con una expresión de alivio en su rostro. La discusión había terminado. Él había probado su punto. Yo no era irrazonable y mis hermanos tampoco lo eran, al parecer. No lo habíamos aceptado, pero estábamos escuchando.

Tor se frotó su mandíbula. —¿Cómo logró emparejarnos? ¿Y con quién fue emparejada esta novia?

El regente realmente lucía avergonzado, el rubor de sus mejillas era un color que nunca antes había visto en su cara arrugada. —El chequeo médico que cada uno tuvo el mes pasado fue una treta para las pruebas. Los sedamos y completamos las pruebas mientras estabas en un estado de sueño. Algunas se hicieron mientras estaban completamente inconscientes.

Ante sus palabras, me estremecí. Sabía exactamente de lo que hablaba. Había ido a un examen general de salud, como se requería, y me desperté sudando, con el corazón acelerado. La experiencia había sido inusual. Nunca antes me había despertado en una unidad médica con la polla dura. No podía hacerla bajar con ningún pensamiento. Tuve que disculparme con el médico y usar mi mano para aliviar la incomodidad. Había sido una especie de sueño, algo tan intenso que me había puesto más que excitado.

No importaba si no recordara lo que había soñado. —Entonces, ¿cuál de nosotros es su pareja? —Quería saberlo. Necesitaba saberlo. No quería follarme a una hembra que no era mía. Lo haría una vez, de ser necesario para proteger el planeta, pero no crearía un lazo con ella, no permitiría que me importara si no iba a ser *mía*.

El regente se rio entre dientes. —Los tres lo son. Combinamos sus perfiles en el programa y ella coincidió con la combinación. No solo los aceptará a los tres, de la manera que ustedes prefieran, sino que también *necesitará* que cada uno de ustedes sea verdaderamente feliz. Cada uno de ustedes posee un rasgo que ella necesita, algo que anhela, algo que ella requerirá para estar contenta. —El regente caminaba de un lado a otro, sus duras botas grises se asomaban por debajo de su túnica mientras caminaba. Llevaba una túnica suave con botas listas para la batalla incrustadas con cuchillas. Sus palabras eran suaves, seguidas por el fervor de una voluntad de hierro. El estilo le quedaba bien—. No quería traerlos aquí hasta que se hubiera hecho el emparejamiento, hasta que la transferencia ocurriera. No podría arriesgarme a que uno de ustedes la rechazara.

Como eso era un hecho flagrante, ninguno de nosotros respondió.

—Bien. Bien —repitió Tor—. Entonces, ¿se supone que debemos follar con esta mujer hasta tener un hijo? ¿En el mismo cuarto? ¿Al mismo tiempo? —preguntó.

El regente se encogió de hombros. —Pueden compartirla o pueden tomarla uno por uno. Ustedes decidirán los detalles.

Tor asintió. —Bueno. Entonces viajará de un sector a otro y cada uno la follará.

El regente Bard levantó la mano. —Como ya dije, cada uno de ustedes debe tomarla por poco tiempo para asegurar que todas sus semillas se fusionen y que todos tengan las mismas posibilidades de engendrar. Si bien no es necesario que la follen juntos para aparearse, las leyes de apareamiento sí requieren…

Lev se pasó la mano por la parte posterior de su cuello y se puso de pie para caminar.

—¿Es en serio?

Tor se alejó de la pared. —¿Ni siquiera nos agradamos y espera que nos corramos en ella al mismo tiempo?

La ira se encendió ante lo que el regente requería. Tomar turnos era una cosa, ¿pero juntos? No nos habíamos visto el uno al otro en treinta años ¿y se suponía que íbamos a follarla juntos?

El regente levantó su mano nuevamente. —La ley es clara. Ustedes saben que una unión de apareamiento debe juntar a todas las partes como una sola. En su caso, con los tres de ustedes como parejas, todos deben reclamarla de inmediato. De lo contrario, el vínculo no se sella y ella será repudiada para siempre.

Tor cruzó los brazos sobre su pecho; su cuerpo estaba tenso. Claramente, no le gustó esa idea. —Ella tendrá al niño que una al planeta. ¿Cómo podría ser repudiada?

—Si no hacen esto correctamente, su pareja será solo un recipiente para el nacimiento del niño y nada más. No será la madre gobernante ni la pareja del líder del sector. En su caso, los tres líderes de los sectores. Por ley y costumbre, su pareja la habrá repudiado. Ella será desterrada.

Miré a mis hermanos, luego al regente. —Hemos sido enemigos durante todas nuestras vidas y ahora espera que tomemos su boca, su coño y su culo al mismo tiempo para la unión de apareamiento. —Pude ver interés en los ojos de mis hermanos, similar a cómo me sentía. La idea era excitante, follar a una mujer en cualquiera de esas tres formas, pero tendría que hacerlo con hombres de sectores que me habían enseñado a no soportar. Lev y Tor eran mis hermanos de nacimiento, pero la gente del Sector Uno era mi gente por sangre, sudor y elección.

—Para la unión de apareamiento, sí. Para reproducirse con ella, no. Cada uno debe llenar su coño con su semilla, al menos hasta que haya sido apareada adecuadamente. Una vez hecho esto, pueden compartirla de la forma que deseen. Pero para hacerlo, para garantizar su felicidad, tendrán que dejar de lado sus diferencias.

Los tres arqueamos la ceja derecha y miramos fijamente al anciano. Asegurarse de que nuestras mujeres fueran felices era una cuestión de orgullo para un guerrero. Dar a entender que nosotros, los líderes del planeta, seríamos incapaces de satisfacer todas las necesidades de nuestra novia era gravemente insultante. —Nos puso en diferentes sectores para mantener la paz, no para enseñarnos la tolerancia. Nos mantuvo separados nuestras vidas enteras ¿y ahora quiere que pretendamos que estamos felices de follarnos a una mujer juntos para asegurarnos de que no la repudien? ¿Para compartir una novia?

—Estoy de acuerdo con Drogan. Una mujer no va a

resolver nuestros problemas arraigados entre sectores. Tampoco lo hará un niño.

—Bueno, líderes de los sectores, les sugiero que descubran cómo unir los sectores o toda Viken caerá ante la Colmena. Perderán todo. Cuán valiosas serán sus diferencias entre sectores cuando todos ustedes tengan tantos neuroprocesadores implantados en sus cerebros que no puedan recordar sus propios nombres. —No podía entender cómo el regente podía mantener la calma. Quería darle un puñetazo en la nariz solamente por esto. Quería darle una paliza por obligarnos a los tres a participar en esta... locura. Por atarnos de manos. Por mantener la peligrosa verdad de nuestra situación dentro de la Coalición Interestelar en secreto.

—¿Sabe nuestra pareja que ha sido emparejada con tres hombres? —preguntó Lev.

Esa era una buena pregunta y miré al regente.

—No lo sabe. Su coincidencia se hizo con su perfil combinado, al igual que cada uno de ustedes... —señaló a cada uno de nosotros— ...coincidió con el de ella. Como trillizos con ADN idéntico, ella está emparejada con los tres.

—Déjeme aclarar las cosas, regente —dijo Tor. Utilizó sus dedos para marcar cada uno de sus ítems—. Tenemos una pareja que no sabe que pertenece a tres guerreros. Tenemos que convencerla de dejarse follar por cada uno de nosotros. Debemos darle un hijo de inmediato para unir el planeta. Y debemos estabilizar los sectores para que se envíen más guerreros y novias a la coalición o seremos invadidos por la Colmena.

—Sí. La coalición nos ha dado diez meses para mejorar nuestros números.

Eso apenas era tiempo suficiente para darle un hijo a nuestra nueva novia y que el pequeño empezara a gatear. El bebé no tendría la edad suficiente para caminar y, sin embargo, sería el heredero reconocido de los tres sectores planetarios.

Me quejé. —También tenemos que convencer a nuestra novia de aceptar nuestra semilla, al mismo tiempo, para que se logre la unión de apareamiento. Ninguna pareja que sea mía será desterrada. —Darle un hijo era sencillo. Podríamos follarla como quisiéramos, pero para lograr la unión de apareamiento, tendríamos que follarla por todos sus agujeros al mismo tiempo. Yo no era un buen hombre, pero nunca permitiría que repudiaran a una mujer. Cualquier problema que tuviera sobre follarla con mis hermanos no era su culpa.

Tampoco obligaría a una mujer. Cómo íbamos a persuadir a una mujer indispuesta a aceptar a tres hombres no sería fácil. Tal vez enfrentarnos a la Colmena sería más fácil.

—Ni mía —refunfuñó Lev.

Tor levantó su último dedo. —Y tenemos que terminar con treinta años de odio y convencer al planeta para que permanezca unido.

Al explicar Tor todo eso, parecía una tarea imposible.

—¿Cómo sabemos que ella no estaba emparejada con otro y que está usando esto como una forma de manipularnos, para afectar el equilibrio de poder entre sectores? —agregué.

Ante mi pregunta, mis hermanos echaron los hombros hacia atrás y se alzaron sobre el hombre.

—Como dijeron, su mundo natal no la habría enviado aquí de no haber sido emparejada con el protocolo de procesamiento —suspiró—. Si tanto les preocupa, convocaré a otros hombres a esta sala y ella se verá obligada a elegirlos de entre muchos.

—Solo a uno de nosotros —le dije, asegurándome de que la mujer tomara una decisión imparcial. De haber sido emparejada realmente con uno de nosotros, la conexión sería poderosa e inmediata. Lo había olvidado, así que había esperanza de que estuviera interesada en nuestras demandas de follar... inmediatamente. No confiaría en el emparejamiento hasta que nuestra novia demostrara que era capaz de sentir esa conexión.

El regente inclinó su cabeza respetuosamente. —Muy bien. Como ella cree que solo está emparejada con un hombre, ustedes tendrán que decidir quién la recibirá. Recuerden, hagan lo que deban hacer una vez que la reclamen. Los tres deben cubrirla con su semilla. Sin el vínculo y la influencia del poder de las semillas, los demás la querrán. Tratarán de quitársela.

Una vez que la semilla de un hombre llenó el coño de una mujer, comenzó el vínculo. Los químicos en la semilla de un hombre de Viken eran poderosos. Nuestra novia lo anhelaría, lo necesitaría. A cambio, el hombre al que se unía sentiría el impulso constante de reclamarla, protegerla y renovar el vínculo. Esa era la conexión natural entre un hombre de Viken y su pareja. Pero unos pocos meses sin exposición a los químicos de unión en la semilla de un hombre, y el cuerpo de la mujer se volvería receptivo al reclamo de otro.

Ninguna mujer mía sufriría la pérdida del vínculo con mi semilla. La follaría con ganas y a menudo. Saborearía su coño con mi boca mientras mi semilla llenaba su garganta. Yo…

—¿Cree que otros tratarán de desafiarnos reclamando a nuestra pareja? —preguntó Lev. Hasta que ella eligiera a uno de entre nosotros, se le consideraba disponible. Cualquier hombre lo suficientemente poderoso como para quitárnosla podría tratar de reclamarla.

—Si ella elige a uno de nosotros, entonces el emparejamiento es verdadero. Ella no pertenece a nadie más que a nosotros. —Las palabras de Tor confirmaron que él protegía lo que era suyo. Lev asintió en concordancia.

—El emparejamiento es verdadero. Ella elegirá a uno de ustedes —dijo el regente. Él estaba muy seguro de ello. Lo suficientemente seguro como para creer que no estaba mintiendo. De estarlo, esta mujer podría elegir al azar a cualquier hombre de Viken en la habitación que la follaría. Su semilla tendría poder sobre ella y sería capaz de reproducirse con ella y no nosotros tres. Su plan para tener un verdadero líder no ocurriría.

—Esta mujer seguramente fue follada antes —dijo Lev—. ¿No anhelará la polla del hombre terrestre que dejó atrás? ¿No sufrirá la abstinencia de su semilla?

El regente negó con la cabeza. —Los hombres terrestres no tienen esta conexión con sus parejas. Su semilla no es tan potente como la nuestra. Eso está a su favor. Una mujer terrestre emparejada con tres hombres

Reclamada por sus parejas

de Viken. Combinados, el poder de sus semillas tendrá un nivel de potencia inimaginable para ella. Hagan su trabajo, hombres, y háganlo bien. Reclamenla, fóllensela, llénenla con su semilla. Reprodúzcanse. Si, como dijeron, no pueden encontrar la unidad entre los tres, regresen a sus sectores. Su pareja será desterrada una vez que dé a luz. El niño gobernará. Esta insignificante pelea terminará y tomaremos nuestro lugar legítimo como un planeta miembro de la coalición totalmente protegido una vez más. Nada más importa.

Al hombre no le importaban nuestros deseos individuales. Él solo estaba pensando en la estabilidad del planeta. No en mis intereses personales o en los de mis hermanos y, ciertamente, no en los deseos o expectativas de esta mujer con la que nos habían emparejado. Al igual que en nuestro nacimiento, nosotros tres eramos víctimas de las circunstancias una vez más. Mientras Lev, Tor y yo podíamos regresar a nuestros sectores de no estar de acuerdo con este emparejamiento compartido, *ella* estaría arruinada. Cualquier niño concebido sería arrancado de sus brazos y de las parejas que la repudiaron. Ella sufriría durante meses por el fuerte y desesperado llamado del poder de las semillas no solo de un hombre, sino de tres.

No era un destino que deseaba para ninguna hembra y no particularmente para una que era mi responsabilidad. No una con la que me reproduciría y reclamaría como mi novia. Una mujer debía ser protegida y defendida, complacida y dominada. No usada, no se podía ganar su confianza y obediencia, solo para ser descartada por la pareja a la que le habían enseñado a servir. Eché un vistazo hacia mis hermanos. ¿Podríamos superar nuestras diferencias para proteger a una hembra que no conocíamos?

Una luz brillante llenó la habitación y se centró en la gran mesa.

—Ah, su transporte ha comenzado. —El regente se veía emocionado, con una gran sonrisa y expectante brinco en sus pasos.

Todos dimos un paso atrás y observamos cómo una mujer se materializaba lentamente en la mesa. Una vez que se completó el transporte, el cegador destello de luz desapareció, dejándola inconsciente sobre la dura superficie. Nos acercamos para mirarla, mis ojos tardaron unos segundos en adaptarse después del brillante destello de su transporte.

Ella llevaba un vestido largo típico de Viken. El material no ocultaba sus exuberantes curvas: senos muy grandes y caderas curvas. Su cabello era rojo oscuro, el color más profundo del fuego. Estaba desatado y yacía en gruesos rizos sobre la madera. Sus pestañas eran largas y descansaban contra sus pálidas mejillas. Sus labios eran de un color rosa exuberante, regordetes y llenos y mi polla latía con la idea de tenerlos sobre ella.

¿Esta era nuesta pareja? Eché un vistazo a mis hermanos cuyas expresiones coincidían con el asombro que yo sentía.

—¿Aún sienten que será una pena follar a esta mujer? ¿Estar emparejado con ella? ¿Reproducirse con ella? —Las palabras del regente intentaban burlarse de nosotros, pero en su lugar resaltaron la forma en que se desvanecieron todas y cada una de las dudas que yo tenía al ver su cuerpo maduro y su bello rostro. La *deseaba*. Deseaba tener mi polla en su boca y azotar su culo desnudo con mi mano. Quería follarla hasta que gritara y la viera arrodillarse a mis pies, desnuda y lista para ser reclamada.

No. Follarla no sería una pena. Mi polla se endureció al verla y ni siquiera estaba consciente. Por el rabillo del ojo, vi que Tor se acomodaba. Fue algo bueno que nos sintiéramos atraídos al instante por ella, porque nada menos que el destino del planeta descansaba en nuestra capacidad de follar a esta mujer y follarla bien.

Tor

Nos habían llamado a la sede central de Viken Unido, no para una reunión sectorial, como me habían dicho, sino porque mis hermanos y yo ahora nos veíamos obligados, por una amenaza planetaria, a unirnos y reproducirnos con una hembra asignada no solo a mí, sino también a mis hermanos idénticos. Sabía que tendría que encontrar una pareja algún día, pero siempre creí que sería en mi propio tiempo y una hembra de mi propia elección. También asumí que mi pareja sería mía y solo mía. Al parecer, como dijo el regente Bard, el destino intervino.

Aquí, ante mí, se encontraba la hembra más hermosa que jamás había visto, tendida sobre la mesa donde se tomaban las decisiones más audaces del planeta. Quizás *ella* era una de las decisiones más audaces de los regentes. Ella uniría los sectores y traería la supuesta paz al planeta una vez más. Ella inspiraría a guerreros jóvenes a ir la guerra y a novias vírgenes a ofrecerse como parejas. Su hijo gobernaría el planeta mucho después de mi muerte y la de mis hermanos.

Separarnos a mis hermanos y a mí no había unido el planeta. No fuimos más que un respiro temporal de la guerra total. Nuestra sangre real y la larga historia de gobernantes imparciales y justos de nuestra familia habían calmado al planeta lo suficiente como para que una tenue paz se hubiera afianzado. Pero separarnos cuando éramos meros bebés nos había hecho menos que hermanos. Cada uno de nosotros se había formado en las costumbres, prejuicios y creencias de nuestros sectores específicos, nada más. Se suponía que debía compartir esta hembra con dos hombres, hermanos, incluso, no lo sabía. Lucíamos iguales, pero eso era todo. Los regentes esperaban que compartiéramos una pareja. ¡*Compartirla*!

Ya me habían negado lo que debería haber sido mío por derecho. En el Sector Uno, donde regía, la familia era todo. El valor se medía en la fuerza y el honor de la familia. Yo no tenía una. Mi sangre real era todo lo que me había salvado de la vida de un paria entre mi propia gente. Pero incluso mi sangre no había sido suficiente para salvarme de las burlas de los niños crueles, de la realidad solitaria de estar solo en todos los eventos importantes. Estaba solo, siempre solo, y era considerado vulnerable en una sociedad donde un escudo familiar garantizaba la supervivencia.

El aislamiento me había fortalecido y no me arrepentía de mi vida. Pero ahora, al verme obligado a crear una familia propia, no quería compartir mi única familia con dos hombres que apenas conocía. No quería compartir el tiempo o las atenciones de la hembra. Si ella era realmente mía, como decía el regente, la deseaba para mí solo. Descubrí que codiciaba su amor, su lujuria, su cuerpo. Lo quería todo.

Observando las exuberantes curvas de su culo y sus caderas, me endurecí ante la idea de tomarla por el culo, de abrirla y reclamarla en todos los sentidos. Una vez que sembrara mi hijo en su vientre, llenaría su culo redondeado con mi semilla, aseguraría su adicción a mí, a mi contacto y a mi polla. Yo quería que ella me anhelara por completo.

Quería levantarla en mis brazos y llevar a esta hembra a una habitación tranquila y enseñarle a follar. No dudaba que mis hermanos la tratarían bien. Independientemente de los desacuerdos políticos, todos los hombres de Viken cuidaban de sus hembras e hijos. Las mujeres estaban protegidas y defendidas. Una pareja era apreciada y valorada como lo más importante en la vida de un hombre.

Esa, y solo esa, era la razón por la que había evitado tener una pareja hasta ahora. No estaba listo para hacer de una hembra mi todo. Pero ahora, ahora que veía a esta… hembra terrestre, las cosas habían cambiado. Podía ver el latido de su corazón contra la larga columna de su cuello. Podía ver las curvas rellenas de sus pechos sobre el escote de su vestido. Podía imaginar la sedosidad de su cabello rojo deslizándose entre mis dedos. Demonios, incluso podría olerla. Un aroma floral y limpio. Me preguntaba cómo sabría, si su coño sería tan dulce como el resto de ella.

Acomodé mi polla en mis pantalones. No me aliviaría hasta estar profundamente dentro de ella.

—¿Todavía desean que ella los elija de entre un grupo? —preguntó el regente, sus largas túnicas grises se arremolinaban alrededor de sus tobillos mientras se volvía hacia mí.

Eché un vistazo a mis hermanos, quienes asintieron. No se podía negar la conexión, pero la política era despiadada. —Sí.

Teníamos que asegurarnos de que este plan fuera válido, de que la hembra era verdaderamente nuestra. Probar el emparejamiento sería la confirmación que necesitábamos, aunque sentía el llamado con simplemente mirar a la mujer que teníamos delante.

—Muy bien. Organizaré la selección y regresaré. —El regente Bard asintió con la cabeza en mi periferia y luego salió de la habitación, seguido por el silencioso y olvidado Gyndar.

—Ni siquiera nos agradamos ¿Cómo vamos a hacer esto? —preguntó Drogan. Pasó su mano por su cabello ligeramente más corto en un gesto que reconocí. Yo lo acababa de hacer hacía un momento.

—¿No tenían hembras trillizas de Viken para cada uno? —Me incliné hacia adelante y coloqué mis manos sobre la mesa—. Resolvería el problema tan fácilmente como reclamar a una hembra —agregué.

—Los regentes quieren un hijo, no tres. Un nuevo líder —aclaró Lev.

—Joder —murmuró Drogan.

El plan del regente era sólido. Nos había emparejado con una hembra de otro planeta que no podía regresar. Al verla, mi polla enloqueció. Suponía que las de mis hermanos también lo hicieron. Una vez que nuestra semilla estuviera en ella, ¿cómo podríamos negar la lujuria que sentiríamos? Ella estaría atada a nosotros permanentemente, con el aroma de nuestra semilla en su sistema, como un llamado de sirena a nuestros sentidos. Si la rechazamos después de que ella tuviera al niño, rechazando la unión de apareamiento, había una gran probabilidad de que enloqueciera. Quizás no nos agradábamos, pero nunca lastimaríamos a una mujer. Sería mejor matarla directamente que dejarla sufrir con el llamado insatisfecho provocado por el poder de la semilla de tres fuertes hombres de Viken.

Lev se acercó a la mesa, estudiando a nuestra nueva pareja. —¿Cómo vamos a follarla?

Drogan y yo nos acercamos hasta que los tres estuvimos de pie sobre ella, mirándola con... asombro. Una discusión era inevitable.

—He escuchado que a los hombres del Sector Uno les gusta follar en público —dijo Lev, mirándome.

Eso era cierto. Follar en mi sector no era necesariamente un asunto privado. Los lazos familiares eran importantes. A veces, si un hombre quería reproducirse con su pareja y querían que el niño fuera recibido con los brazos abiertos, la reclamaba y la impregnaba públicamente. Si una hembra sufría y necesitaba la semilla de su pareja, si la necesidad era lo suficientemente grande, el hombre la tomaba donde y cuando lo necesitara. Las necesidades de una pareja venían por encima de todo.

Estaba acostumbrado a ser observado, a observar a los

demás, así que, si tenía que presenciar a mis hermanos follando, eso no sería difícil. Lo que sería difícil era verlos follarla a *ella*.

—Los hombres del Sector Dos necesitan atar a su pareja para que ella esté bajo su poder —contesté.

Lev tensó su mandíbuloa. —No atamos a nuestras mujeres para violarlas. Hay placer en la toma y las mujeres se someten ávidamente.

—Ella está atada. No tiene otra opción —agregó Drogan.

Podía ver los deseos asesinos de Lev. —*Quiere* estar atada, someterse. —Se volvió hacia Drogan—. ¿Por qué te importa tanto lo que hacemos en el Sector Dos? Los hombres del Sector Tres comen coño como si fuera un caramelo. He oído que prefieren comer coño incluso por encima de follar.

Drogan sonrió, sin molestarse en absoluto por la declaración de Lev. —Sí que disfrutamos de una linda hembra húmeda, a veces durante horas. —Los ojos de Drogan se oscurecieron con la misma lujuria que yo sentía al mirar a nuestra nueva pareja—. No puedo esperar para poner mi boca entre sus muslos y probarla. Usar mi lengua sobre su pequeño aro en el clítoris y llevarla al orgasmo una y otra vez. Oírla rogar. —Se inclinó e inhaló profundamente, atrayendo su aroma a sus pulmones—. La saborearé hasta que grite y luego la follaré hasta que grite por más.

Nuestra disputa cesó ya que todos nos vimos perdidos en nuestras fantasías personales. Era obvio para mí que todos teníamos una reacción idéntica a la hembra. La ví y la deseé. Quería echarla sobre mi hombro y llevarla a casa, atarla en la plaza del pueblo y follarla, con toda la ciudad viéndome plantar mi semilla en su vientre.

Pero eso no sucedería ahora. Tendríamos que reclamarla aquí, en Viken Unido. Aquí, en esta isla de terreno neutral. Y tendría que hacerse con mis hermanos.

Ella no se había movido y nos quedamos mirándola como si fuera un rompecabezas que no podíamos resolver.

—Podemos estar de acuerdo en que follarla no será una tarea ardua —dijo Lev—. Como sea que lo hagamos, lo que sea que haga que nuestras pollas se endurezcan, será un placer.

—Sí —concordé. Mi polla ya estaba dura y apenas la estaba viendo completamente vestida. Solo podía imaginar cómo me sentiría una vez que estuviera desnuda ante nosotros.

—Sí —confirmó Drogan.

—¿Podemos estar de acuerdo entonces... —comencé, acomodando mi polla en mis pantalones— ...en que no debemos centrarnos en nuestras diferencias, sino centrarnos en lo que ahora debemos proteger y apreciar juntos? *¿En ella?*

—Si él espera que engredemos un hijo para luego abandonarla a ella y al niño, está equivocado —dije, mi voz mezclada con una vida de ira—. La creencia del Sector Uno en la familia, una madre y un padre que cuidan a sus hijos, es muy específica. No dejaré que este niño crezca como lo hice. —Ojeé a ambos hermanos—. Mataré a cualquiera que intente quitármela o a mi hijo.

Yo era huérfano. Sin una madre o un padre real. Fui criado por el gobierno, por niñeras y tutores, sin familia.

No fue fácil. De hecho, había sido jodidamente horrible. De ninguna manera sometería a alguien a eso, mucho menos a mi propio hijo.

—La política detrás de esto puede esperar. Una vez que despierte, ella no lo hará —respondió Lev.

—Mi polla tampoco —murmuró Drogan.

Tanto Lev como yo sonreímos ante eso.

La miramos por un momento. —Ella estará asustada. No pertenece a un hombre, sino a tres —dijo Drogan—. Mírennos.

Les eché un vistazo a mis hermanos. Éramos grandes y problemáticos, malhumorados y agresivos. Fuimos criados para ser líderes; nuestro tamaño, nuestro poder, nos hacía feroces.

—No somos dóciles —agregué.

—Puede que no nos pongamos de acuerdo en muchas cosas, pero debemos estar de acuerdo con ella y con la forma en que la tomaremos. —Lev señaló con la cabeza a la mujer dormida—. Me niego a hacerla sufrir. Como dijo Tor, me niego a dejar que el niño crezca bajo el cuidado del regente.

Espetó la palabra «cuidado», porque el regente no se preocuparía por el niño más de lo que haría por una mascota familiar.

Drogan asintió y nos miró a Lev y a mí. —Ella es nuestra.

—Si esto no es una trampa y ella nos elige —confirmé—. ¿De acuerdo?

—De acuerdo —respondieron Lev y Drogan al mismo tiempo.

—¿Quién de nosotros se unirá a los otros hombres

para poner a prueba el emparejamiento? —preguntó Drogan.

—No importa —respondí—. Ella elegirá a uno de nosotros del grupo. El regente no pasaría por todo esto si no estuviera seguro del emparejamiento.

—Esto es en nuestro beneficio. Estoy de acuerdo con Tor —comentó Lev—. No importa quién se pare con los demás mientras salgamos de aquí con ella juntos. Nadie más la tocará.

—De acuerdo.

3

 eah

Mis ojos se abrieron como si acabara de tomar una siesta. Solo ver un techo hecho de madera con paneles oscuros fue suficiente para hacer que mi cerebro se diera cuenta de que ya no estaba en el centro de procesamiento. Todo estaba en silencio, sin zumbidos de aire acondicionado, sin máquinas. El aire era cálido y húmedo. Un crujido me hizo volver la cabeza. Parecía estar descansando sobre una mesa dura mientras un anciano estaba sentado en una silla de respaldo alto en el borde. Usando mi mano en la madera, me levanté para sentarme. Llevaba un vestido verde, simple en diseño, pero largo. Me cubría las piernas hasta los tobillos, pero mis pies estaban desnudos. Tenía mangas largas, pero un escote pronunciado. No era demasiado revelador, aunque yo era bastante grande, así que siempre tenía escote. El vestido era extraño, de estilo anticuado, algo que una mujer habría usado cien años antes.

El hombre estaba sentado tan quieto, tan pacientemente. Tenía cabello gris y barba, con profundos surcos de vejez que marcaban su rostro. Su atuendo era similar al mío, simple y sin adornos, pero gris. —¿Eres... eres el hombre que es mi pareja? —le pregunté. Me aclaré la garganta, ya que mi voz sonaba áspera. ¿Me habían enviado a un hombre tan viejo? Tenía que tener ochenta años como mínimo.

Entonces sonrió, haciendo que sus patas de gallo se profundizaran más. —No lo soy. Soy el regente Bard. Su pareja se encuentra justo detrás de esa puerta. —Miré en la dirección que señalaba—. Cuando esté lista, podemos ir a él.

—Estoy en Viken, ¿verdad? —La habitación era grande, pero no tenía muchas cosas. El piso era de madera similar a la del techo y las paredes blancas. Había ventanas en los extremos largos de la habitación, pero lo único que podía ver más allá era verdor. No me sentía en otro planeta o que había cruzado la galaxia. Sentía como si estuviera en un edificio antiguo mirando hacia un viejo bosque cerca del mar. Podía oler a humedad y sal, un olor pesado y espeso, saturando el aire como solo un gran cuerpo de agua podría.

No era como las películas de ciencia ficción en la televisión. Su ropa no era plateada. No tenía un tercer brazo. No tenía ni un rastro de verde. Se veía normal. Viejo, pero normal.

—Sí. Bienvenida a Viken, mi señora. ¿Cuál es su nombre?

—Leah. —No quería ser grosera, pero mi pareja estaba cerca. Solo tenía que decirle a este hombre que estaba lista y me llevaría con él. ¿Estaba lista? ¿Alguna vez lo estaría? La buena noticia era que no estaba en la Tierra. Mi prometido no podría encontrarme aquí y nadie podía enviarme de regreso.

Sin embargo, la *idea* de irme del planeta y ser follada y reclamada por un completo extraño *parecía* estar bien, pero la *realidad* era que estar aquí de verdad era un poco aterrador. No sabía nada sobre el planeta Viken o cómo era la gente de Viken. ¿Cómo lucía mi pareja? Nunca había considerado la posibilidad de su edad o su apariencia. No quería una pareja, no realmente. Simplemente quería escapar del vil hombre que quería tratarme como mercancía en la Tierra. Pero ahora, ahora estaba… nerviosa.

A pesar de todo, estaba aquí en otro planeta y no podía escapar de mi destino. Así que tomé una respiración profunda y dije: —Estoy lista.

El hombre se levantó lentamente y me ofreció una mano, ayudándome a bajar de la mesa. Mi vestido largo cayó a mis tobillos, era de un material pesado. Lo seguí hasta la puerta. Al caminar, sentí un leve tirón en mi clítoris. Qué extraño. Me detuve en medio de un paso ante la chispa que recorrió mi cuerpo y luego la ignoré. Cuando di otros dos pasos y volví a sentirla, supe que algo no estaba bien.

Me sonrojé, porque no podía decirle a este anciano que algo andaba mal con mi clítoris, ni podía levantar mi largo vestido para investigar, sin importar lo curiosa que estaba. El calor me inundó, no por pena, sino por un deseo recién descubierto, lo que me hizo lamerme los labios. Quería bajar la mano y tocarme, pero eso no sería apropiado. ¿Esta nueva sensación se debía a que estaba en Viken? Tendría que preocuparme por eso más tarde, así que me mordí el labio y pasé por la puerta que el hombre mantenía abierta.

La habitación contigua era igualmente grande, pero sin mesa. Solo unas pocas sillas se alineaban contra las paredes. La habitación no era mi foco, sino los hombres formados delante de mí. Todos eran altos y musculosos, bastante grandes. De hecho, *muy* grandes. Parecía que los hombres de Viken lucían casi exactamente como los hombres de la Tierra, pero impresionantemente más grandes. Todos me miraban con interés y curiosidad. Tenía que recordar que probablemente nunca antes habían visto a una mujer de la Tierra. Estábamos igualmente intrigados.

El anciano se puso de pie a mi lado y alzó la barbilla en dirección a la hilera de hombres. —Su emparejamiento fue exitoso; sin embargo, en Viken, se requiere una prueba de la conexión.

Giré la cabeza y lo miré. —¿Conexión?

—Un vínculo natural entre dos personas emparejadas. —Cuando continué frunciendo el ceño, me explicó—. Simplemente camine entre todos los hombres y dígame cuál es su pareja.

—¿Solo... solo tengo que caminar entre ellos y lo sabré? —Miré a los hombres. No me daban una sola pista, solo curiosidad ávida. Había al menos diez hombres en total, todos en su mejor momento. Algunos eran más apuestos que otros, algunos me miraban como si fuera una curiosidad y otros como si quisieran devorarme allí mismo. Un hombre en particular me miraba como si pudiera ver el latido de mi pulso acelerado en mi cuello, como si contara el rápido ascenso y caída de mi aterrorizada respiración. Me encontré con su mirada y rápidamente aparté la mía, asustada y sintiéndome como un cervatillo acechado por una pantera.

Todos los hombres vestían ropas similares y parecía que había dos clases de guerreros: los bárbaros llevaban pieles y cueros y los eruditos, túnicas. Ambas clases de hombres llevaban armas atadas a la espalda: espadas, arcos y lanzas. Para ser una raza avanzada, una raza alienígena, parecían ser bastante primitivos en lo que respectaba a la guerra.

Sentí como si hubiera salido de la Tierra y hubiera entrado en un episodio de mi programa favorito de televisión sobre vikingos. Si los hombres hubiesen tenido barba, se habrían visto como guerreros medievales de la antigua Tierra.

¿Cómo sabría cuál de estos hombres era mío? ¿Qué pasaría si elegía al hombre equivocado por error? —¿Es esto un truco? ¿Está planeando enviarme de regreso a la Tierra si elijo al guerrero equivocado?

El pánico me inundó ante la idea de regresar a la Tierra. La alcaidesa Egara sacudiría la cabeza con disgusto y me echarían del centro de procesamiento. Estaría sola, sin un centavo y perdida, y no tenía dudas de que mi prometido me encontraría y me castigaría por haber huido. Quizás esta vez no se detendría. Quizás él simplemente me estrangularía y terminaría con todo.

—No estoy tratando de engañarla. —Las palabras del anciano caballero me sacaron con un sobresalto de mis meditaciones, él se encogió de hombros casualmente—. En cuanto a conocer a su pareja, no tendrá dudas. Su cuerpo y su alma llamarán a los suyos. No tenga miedo. Confíe en su pareja.

No parecía tener mucha opción. Empecé en el lado izquierdo de la línea, me moví para pararme delante del primer hombre y le di una tímida sonrisa. Ignoré el hormigueo de mi clítoris. No tenía nada que ver con este hombre y me preguntaba si el transporte hasta aquí de alguna manera había desorientado mi cuerpo.

Concéntrate. Tenía que concentrarme en la tarea que tenía entre manos. El primer hombre tenía cabello rubio, de edad similar a la mía, de aspecto fuerte a pesar del arco atado a su espalda y la larga túnica negra que le cubría el cuerpo. Él me sonrió, sus ojos brillaban con interés masculino, pero no sentí nada inusual. Pasé al segundo hombre. Era un poco más bajo, pero más pesado y musculoso. Tenía el cabello largo, pálido como la nieve y llevaba el cuero y las pieles más primitivos. Tenía una espada sobre su espalda, recordándome a un antiguo invasor vikingo. Él no me sonrió. Ni siquiera me miró a los ojos. Me desnudó con los ojos, tenía la mirada centrada en los duros pezones claramente visibles debajo de mi suave vestido verde. Le di la misma mirada superficial y aún así... nada. Me abrí paso hasta que solo quedaron unos pocos hombres, preocupada de que ninguno de los hombres fuera mi pareja. ¿Era esto un truco? ¿Estaría el regente decepcionado o molesto si no reconocía a mi pareja?

Di un paso frente al siguiente hombre y lo miré con nerviosismo. Este era el hombre que me había visto antes, que me había estudiado desde el otro lado de la habitación como si ya le perteneciera. Me detuve, volteándome hacia él, y levanté la vista. Muy hacia arriba. Era más alto que los demás, más ancho en los hombros. Era fuerte, llevaba la ropa de estilo vikingo y una espada en la espalda. Su pecho y sus brazos eran enormes, sus manos parecían lo suficientemente grandes como para que una de ellas pudiera envolverse por completo alrededor de mi cuello. Sus muslos eran gruesos como troncos de árbol y exudaba fuerza y autoridad.

Pero no fue su físico lo que hizo que mi corazón se detuviera, sino la mirada en sus ojos oscuros. No solo me veían, sino que me miraban fijamente, hasta mi alma. Mis pezones se tensaron y mi coño se apretó con solo verlo. Suspiré ante la reacción de mi cuerpo mientras que el calor húmedo inundaba mi coño. Sus fosas nasales se dilataron y su mandíbula se tensó. Podía, incluso, sentir su olor limpio, especiado y amaderado. ¿Él me estaba oliendo a mí también?

No había notado que el regente había venido a colocarse a mi lado hasta que habló.

—¿Asumo que no necesita ver a los dos hombres restantes? —preguntó.

No había quitado mis ojos del hombre ante mí. Su cabello estaba revuelto, como si acabara de salir de la cama, y lo suficiente largo para rozar el cuello de su túnica oscura. El color era de un tono inusual de marrón, casi de color whisky. Sabía, en el fondo, que él era el indicado. Él era mi pareja.

Me tragué mi entusiasmo por este hombre y respondí:
—No, no lo necesito. Este hombre es mi pareja.

—¿Satisfecho, Drogan? —preguntó el regente.

Este guerrero, Drogan, bajó la mirada de mis ojos para concentrarse en mi cuerpo. Me sentí desnuda a pesar de estar cubierta hasta los tobillos por el largo vestido verde. ¿Acaso sabía que estaba excitada con solo verlo? ¿Sabía que mi cuerpo lo ansiaba al mirarlo, que por mucho que lo temiera, anhelaba el contacto de esas manos gigantes en mi piel? Lo que sea que estuviera pasando con mi clítoris se intensificó y me moví incómodamente sobre mis pies. Esperando. Qué, no estaba segura.

—Sí. Muy satisfecho. —La profunda voz de Drogan invadió mis sentidos como si un calor líquido sobrecargara todo mi sistema. Quería escuchar su voz de nuevo, escuchar que me ordenaba arrodillarme y poner su polla en mi boca, escucharlo ordenar que me abriera más mientras arremetía contra mi cuerpo, escuchar el susurro grave de su voz en mi oído exigiéndome que me corriera.

Parpadeé para disipar la lujuria que nublaba mi mente, pero ni siquiera tuve la oportunidad de recuperarme antes de que mi mundo se volcara. Drogan me arrojó sobre su hombro como si fuera un saco de cereales y me sacó de la habitación. Mis manos se agarraron de su espalda baja para mantener el equilibrio y todo lo que podía ver era los apretados músculos de su trasero bien formado mientras me sacaba del edificio, por un sendero de tierra, y hacia otro edificio mucho más pequeño a una buena distancia.

A mi alrededor, el olor a agua de mar y árboles florecientes me reconfortó. El cielo era de un azul un poco más oscuro, el césped de un verde más pálido y no reconocía los sonidos de los pájaros y otros animales que se llamaban entre sí, pero, después de todo, no era tan diferente de la Tierra. Pude ver flores rojas, árboles llenos de musgo verde oscuro y largos miembros pálidos que se extendían hacia el cielo.

Aquí, en Viken, estaría a salvo de mi viejo prometido. Aquí, sería protegida y reclamada por este hombre, Drogan. Él era enorme y de aspecto feroz, pero yo quería confiar en el emparejamiento. Quería creer en la alcaidesa Egara y lo que ella me dijo, que este hombre había sido seleccionado para mí, que era el único hombre perfecto para mí en todo el universo. Tenía que esperar que pudiera llegar a amarlo y que él se preocuparía por mí. Ser arrojada sobre su hombro y cargada de una manera tan primitiva no era la manera ideal de demostrar cuánto le importaba, pero definitivamente me hacía sentir deseada.

Vi cómo su pie pateaba la puerta para cerrarla detrás de él, justo antes de que me bajara cuidadosamente por su cuerpo para ponerme frente a él. Juro que pude sentir cada dura pulgada de él mientras bajaba.

Levanté la vista hacia él nuevamente mientras me sostenía de sus antebrazos para mantener el equilibrio. Apenas podía respirar, mi deseo de probarlo era muy intenso. Estudié sus labios mientras hablaba, esperando que se inclinara y reclamara mi boca con la suya, sintiendo que le pertenecía. Solo a él.

—Soy Drogan, tu pareja. —Con sus manos sobre mis hombros, lentamente me giró para mostrarme...

—Oh, por Dios —susurré, con ojos cada vez más sorprendidos.

—Estos son mis hermanos. También te pertenecen a ti. —Delante de mí había dos hombres más, idénticos a Drogan. ¿Trillizos? A la mierda. No. No tres...

—Yo soy Tor. Tu pareja.

—Yo soy Lev. Tu pareja.

Me coloqué a un lado para poder verlos a los tres, mi cabeza iba de un lado a otro como si estuviera viendo un partido de tenis. Tor tenía el cabello largo. Lev, corto. Drogan en el medio. Todos estaban vestidos como guerreros vikingos: Lev con un arco y flechas en la espalda, Tor con una lanza y un escudo y Drogan con una espada. Me sentía como si fuera Caperucita Roja con tres lobos que querían comerme viva. Si bien estaba completamente confundida y abrumada, sentía que la conexión se hacía aún más fuerte.

—¿Trillizos idénticos? —chillé. Nunca había visto trillizos idénticos. Trillizos idénticos hermosos y *masculinos*. Ver a tres hombres tan hermosos era similar a ver un unicornio. Estos tres fueron emparejados conmigo. De todas las personas en el universo, estos ardientes hombres eran míos para elegir. Tres. Yo no quería tres hombres. Solo uno. Solo necesitaba uno.

Asintieron en respuesta a mi pregunta.

—Hay ligeras diferencias entre nosotros. Yo tengo una cicatriz —dijo Lev mientras señalaba su ceja. Una línea blanca dividía su ceja.

—Yo tengo una marca de sector. —Tor enrolló la

manga de su camisa para mostrarme la banda oscura que rodeaba su brazo. Un tatuaje. Parecía algo tribal de la Tierra.

—Yo no tengo ninguna característica distintiva, pero la longitud de nuestro cabello debería ayudarte a distinguirnos —agregó Drogan.

—No puedo… estar emparejada con los *tres*. —Pero lo estaba. En el fondo sabía que lo estaba porque sentía la misma atracción, el mismo llamado con los tres. No era solo con Drogan; el anhelo que sentía por que Drogan me tocara ahora era unas ansias por que los tres hombres me tocaran. La atracción de Lev y Tor sobre mí era igualmente fuerte y aterradora. —¿Cuál de ustedes me tendrá?

—Tenemos el mismo ADN. Si bien somos tres hombres diferentes, somos biológicamente iguales —explicó Lev.

—Entonces, ¿cuál de ustedes es mi pareja? —Quizás esto era algún tipo de prueba. Quizás decidirían ahora cuál era mi pareja y los otros se irían a casa.

Se acercaron.

—¿Te tendrá? —preguntó Lev, arqueando su ceja cicatrizada.

—El que estará conmigo. ¿Lo decidieron o yo tengo que elegir uno de ustedes o qué?

Se acercaron más hasta que todos estuvieron directamente frente a mí, elevándose sobre mí mientras la parte superior de mi cabeza apenas llegaba a sus barbillas. Si levantara mi mano, podría extenderla y tocarlos. Sus cuerpos obstruían la luz de las ventanas y me sentía muy, *muy* pequeña.

—Nosotros lo decidimos —dijo Tor y mis hombros se relajaron con alivio. No podía elegir. No podía. La atracción que sentía por cada uno de ellos era simplemente demasiado fuerte. Mejor dejarlos elegir y simplemente aceptar el hermano que me reclamó.

—Todos estaremos contigo.

Di un paso atrás. ¿Los había escuchado correctamente? Los tres...

—No pueden todos... quiero decir, seguramente... —No podía decir las palabras. No entendía. No tenía sentido que todos me quisieran. En la Tierra, esto nunca se permitiría; el consejo de la moralidad me arrestaría por siquiera tener pensamientos tan lascivos—. No puedo estar con los tres. No se ha hecho. Es *ilegal* —susurré.

Lev negó con la cabeza. —No hay una ley que diga que una mujer no puede ser compartida. Además, hemos sido emparejados contigo. El emparejamiento es legalmente vinculante por sí solo.

—Podría solicitar otro —dije rápidamente.

Sus miradas descendieron sobre mí otra vez y me eché para atrás hasta que mi espalda chocó contra la pared. —No lo harás. —Los ojos oscuros de Drogan se clavaron en los míos y mi corazón latía tan fuerte que temía que saltara de mi caja torácica al suelo.

¡Cómo se atreven a ser tan grandes y mandones! —¿Oh? —Crucé los brazos sobre mi pecho—. ¿Y por qué no?

—Porque, a diferencia de la mayoría de las hembras que pasan por el programa de novias, tienes tres hombres que te corresponden. Tres. La conexión es muy poderosa con solo una pareja. Con tres, me imagino que es casi palpable.

Enunció lo último mientras alzaban sus manos y me tocaban. La mano de Tor acarició mi cabello, Lev y Drogan me tocaron los hombros y pasearon sus manos por mis brazos. *Palpable* no era la palabra. Era filoso, intenso, caliente, abrasador. Oh, diablos, no tenía idea de qué era. Solo sabía que nunca antes lo había sentido y... me gustaba.

Cerré los ojos con la cálida sensación de sus manos sobre mí. No me estaban tocando de forma inapropiada, solo... me tocaban. El deseo prohibido que se apoderó de mí me hizo apretar los dientes. ¿Me atarían a un banco especial como lo había visto durante mi procesamiento? ¿Me llenarían el coño y el culo al mismo tiempo? ¿Dos chuparían mis pechos mientras el tercero me follaba? ¿Los dejaría? Mi mente decía que no, pero mi coño se estremeció ante la idea de que me compartieran y tuve que apretar mis muslos en un intento de detener las ansias.

—Dínos tu nombre.

Con los ojos cerrados, no sabía quién habló. —Leah —susurré.

—Leah, vamos a follarte ahora —dijo un hombre. No fue una pregunta. Él no me lo estaba preguntando, me lo estaba diciendo.

Abrí los ojos y los miré, primero a uno, luego al siguiente, luego al siguiente. —¿Sin una cena? ¿Sin una película? ¿Sin siquiera un poco de juego previo?

Me miraron con curiosidad. —No sabemos lo que es una película, pero si tienes hambre, sin duda nos ocuparemos de tus necesidades. —Lev expresó sus palabras con sinceridad, pero no pude evitar reír.

—Ni siquiera los conozco ¿y esperan que me folle a los tres?

Tor colocó mi cabello detrás de mi oreja, luego se inclinó para estar a mi nivel. —Siento que estás nerviosa.

Mis ojos se abrieron como platos. —¿Tú crees?

—¿Has sido follada antes? ¿Eres virgen?

No era virgen desde la noche de la graduación de la escuela secundaria. Ese *no* era el problema. —No soy virgen.

—¿No anhelas al hombre que primero te reclamó, que te colmó con su semilla?

—¿Anhelarlo? ¿Anhelaba a Seth Marks quien me quitó mi virginidad en el sótano de sus padres? Perdió mucho tiempo poniéndose el condón y todo el evento poco inspirador terminó en unos treinta segundos. Ni siquiera había superado el dolor antes de que él terminara. *No* lo anhelaba.

—Mmm... no. No me colmaron de semilla. —Escuché que se había mudado a Arizona y ahora era un profesional del tenis en algún complejo.

Los tres hombres realmente se relajaron, lo que me sorprendió. El proceso de pruebas había confirmado, no una, sino dos veces, que yo no estaba casada. La alcaidesa Egara sabía que estaba ansiosa por abandonar la Tierra. No tenía ataduras, ni amores que valiera la pena recordar, ciertamente no un chico de la escuela secundaria que no sabía qué era un clítoris. Tenía problemas más grandes de qué preocuparme con un prometido peligroso y obsesivo.

Drogan se levantó la camisa desde los pantalones y se la quitó por encima de la cabeza, luego la dejó caer en el suelo detrás de él.

—¿Qué estás haciendo? —chillé, con mis ojos pegados a su cuerpo cincelado. Santo Dios, ¿estaba emparejada con *eso*?

—Poniéndote más cómoda —respondió.

—¿Cómo es que quitarte la camisa me pondrá más cómoda? —Me estaba poniendo un poco nerviosa y muy caliente. Quería extender la mano y tocarlo, sentir la calidez de su piel, la suavidad de los elásticos vellos de su pecho, las líneas de sus abdominales. Era muy difícil resistírsele.

—¿Preferirías que nosotros te quitáramos el vestido?

Los tres hombres parecían muy ansiosos por hacerlo. El hecho de que me dieran una opción, o al menos fingir que lo hacían, lo hizo un poco más fácil.

—Oh... um, probablemente no.

Drogan les echó un vistazo a sus hermanos y estos retrocedieron para comenzar a quitarse la ropa. Pieza por pieza aparecieron cada vez más sus cuerpos idénticos y muy candentes. Tragué saliva al verlos. No tenía idea de que era lo que estos hombres hacían en Viken. Pero no se la pasaban sentados en una oficina o haciendo papeleos.

Fue cuando bajaron sus pantalones, sin ropa interior debajo, y se pararon frente a mí, desnudos, que me quedé mirándolos. No respiré. No podía creer lo que estaba viendo. Quizás me quedé mirando demasiado tiempo porque se miraron a sí mismos. —¿No estamos hechos como hombres de la Tierra?

No estaban hechos como los hombres de la Tierra, o como ningún hombre de la Tierra que haya visto... entre sus piernas. Sus pollas eran enormes, como hinchadas, palpitantes garrotes que se extendían de sus cuerpos. Las venas oscuras se hinchaban a lo largo, muy gruesas, las cabezas acampanadas casi llegaban a sus ombligos, pero latían hacia mí. Eso fue bastante sorprendente, pero lo que me hizo observarlos fue que sus pollas estaban todas perforadas. Sabía que algunos hombres de la Tierra tenían sus pollas perforadas con un aro, similar a un gran pendiente de aro, pero nunca había visto uno. El metal en las pollas de mis parejas brillaba como plata pulida y formaba un círculo desde el pequeño agujero en el centro de la cabeza para desaparecer debajo.

Sabía que los diferentes estilos de perforación tenían nombres, pero por mi vida, no tenía ni idea de cómo se llamaba. Era carnal. Loco. Erótico.

Drogan agarró su polla desde la base y comenzó a acariciarla de arriba hacia abajo. El fluido se filtraba desde la punta y goteaba por el aro de metal.

—Um... —Quedé completamente muda ante la vista—. Los hombres terrestres son iguales, pero más pequeños.

Los tres hombres miraron hacia abajo, considerando sus pollas. Como eran idénticos, no era como si tuvieran que compararse. Todos eran enormes. Si estuvieran en la Tierra, podrían convertirse fácilmente en estrellas porno muy famosas y muy ricas. Reprimí una carcajada, pensando en cómo había sido emparejada con tres estrellas porno interestelares idénticas, hermosas y bien dotadas.

—¿Más pequeños? ¿Las pollas de los hombres terrestres son más pequeñas? Qué lástima para las mujeres terrestres. —Lev me miró y me guiñó un ojo—. Eres suertuda. Te va a gustar follar con nosotros mucho más.

Nosotros.

—Nunca había visto aros *allí* antes.

Tor también comenzó a acariciar su polla. —¿Los hombres de la Tierra no tienen las pollas perforadas?

—Algunos, tal vez, pero no es habitual.

—Es habitual aquí. Es un rito de iniciación para ser hombre.

—Créeme, te va a encantar. —Lev se acercó a mí y me acarició la mejilla con los nudillos. Tener que inclinar la cabeza hacia atrás me ayudó a evitar mirar su polla, pero podía sentirla presionada, dura y gruesa, contra mi vientre. El aro al principio era frío y luego cada vez más caliente.

—Debemos follarte, Leah. Ahora.

—¿Porque están cachondos? —pregunté. En serio, ¿nada de juego previo?

—Porque este lugar no es seguro para ti a menos que estés marcada con nuestra semilla.

Estuve a punto de reírme de la ridiculez de esa afirmación, pero los tres hombres no parecían estar bromeando. Aún así, tuve que preguntar. —¿En serio?

Fue el turno de Lev de fruncir el ceño. —Tu seguridad es crucial.

—Ustedes tres están desnudos, acariciando sus pollas y hablando de mi seguridad. Me cuesta mucho ver cómo está ligada a su *semilla*. —Levanté la mano—. Si tratan de llevarme a la cama, esta no es la forma de hacerlo.

Drogan y Tor no dejaron de tocarse, sino que decidieron conversar mientras lo hacían.

—El regente dijo que los hombres de la Tierra no tienen poder de semilla.

—Entonces quizás no reconozca la razón detrás de nuestra urgencia.

Lev mantenía sus ojos en mí, pero agregó: —Hay mucho que contarte. —Me tomó de la mano—. Ven. —Me llevó a través de la habitación a una cama que no había notado antes. Pudo haber sido porque estaba encima del hombro de Drogan cuando entré. El estilo de la casa, ¿sería así que se llamaba?, era similar al otro edificio al que había llegado. Pisos de madera, techo de madera similar, paredes blancas, ventanas cuadradas y mobiliario escaso. Basada en la ropa y la apariencia de los edificios, este no era un planeta de alta tecnología.

Me paré frente a la cama, mirando donde los hombres me tomarían. ¡Ni uno, ni dos, sino tres!

—Te diré algunas cosas sobre Viken. —Lev se paró detrás de mí y colocó sus manos calientes sobre mis hombros, su calor metiéndose en mi cuerpo a través del fino vestido que llevaba.

—Hazlo rápido —dijo Drogan, su voz más profunda y su polla... ¿se había vuelto aún más grande?

Lev se inclinó y me susurró al oído, su aliento caliente me hizo estremecer. —Los hombres de Viken tienen aros en sus pollas. Créeme, te gustará mucho. En cuanto a nuestra semilla, es potente. Una vez que toque tu piel, pero más especialmente que llene tu coño, nuestro vínculo comenzará. Otros hombres sabrán que nos perteneces y te impedirá buscar la polla de otro.

—Parece que tengo tres hombres. ¿Por qué necesitaría otra polla?

Tor sonrió a mi izquierda, con su mano envuelta en la

cabeza de su polla y sus ojos pegados a mis pechos. —En efecto.

Lev se inclinó, presionando su polla contra mi culo. Me congelé cuando sus manos aterrizaron en la parte ensanchada de mis caderas antes de explorar la curva de mi cintura y subir para tocar mis pechos. Jadeé y me encrespé, no estaba lista para esto, para ellos, pero tan gentil como eran sus manos sobre mi cuerpo, sus brazos eran como vigas de acero que me mantenían en su lugar para su exploración.
—Si sales de esta casa sin nuestra semilla dentro de ti, sobre ti, marcándote con nuestro reclamo y nuestro aroma, puedes ser presa de cualquier hombre que desee reclamarte. ¿Deseas estar con tus tres parejas? ¿O preferirías un extraño?

Ya era bastante difícil seguirles el ritmo a los hombres con los que me habían emparejado. No podía imaginar que sería más fácil con un hombre que no tenía ninguna conexión conmigo. Cuando vi a Drogan en la formación de hombres, definitivamente *sentí* la conexión. Ahora la sentía aún más, con Lev presionado contra mi espalda y los otros dos mirando como cazadores esperando para atacar.

—No quiero a nadie más.

—Entonces es hora de que te follemos.

—Pero... no pueden esperar que me acueste y abra las piernas de una vez. —Señalé la cama—. No funciona así para mí.

—Leah —dijo Drogan, limpiando el líquido preseminal que se deslizaba desde la punta de su pene con su pulgar—. Tampoco funciona así para nosotros.

—Eso es... eso es bueno saberlo. —Estaba

conmocionada, nerviosa y contenta de que no fueran bestias en celo, aunque si tuviera un poco de juego previo primero, eso podría no ser tan malo—. Yo soy la que tendrá que liarse con tres hombres.

Tor se levantó para enfrentarme y me apartó el cabello hacia un lado, descansando sus manos suavemente sobre mis hombros y acariciando mi cuello con sus pulgares. —¿Con tu coño, tu boca y tu culo llenos a la vez?

Me estremecí ante las imágenes que invadieron mi mente. No estaba preparada para eso, pero a mi cuerpo definitivamente le gustaba la idea.

—No te tomaremos así… al menos por hoy.

Mientras besaba mi cuello, Lev comenzó a desabrochar los botones en mi espalda. No podía verlos, pero sabía cómo se sentía que los abrieran uno por uno a tirones.

—Tengo… tengo miedo —admití, mordiéndome el labio.

—Tres hombres sería intimidante, especialmente tres hombres de Viken —canturreó Lev detrás de mí.

—Acabas de llegar y debes ser follada de inmediato. No dudamos de tus sentimientos, pero no deberías temernos. Solo te daremos placer. —Tor me besó el cuello una vez más, el calor de su boca era suave, pero a la vez muy excitante. Era un gesto simple y me gustaba mucho más eso a que me tiraran en una cama y me obligaran.

—Nunca te lastimaríamos. Nunca dejaremos que *nadie* te haga daño —juró Lev.

Los otros murmuraron en concordancia.

—Puedo ver que te excitamos —comentó Tor.

Fruncí el ceño. —¿Puedes verlo? —Mi coño *estaba* húmedo, pero seguramente no podían saber eso.

—Tus mejillas están sonrojadas —dijo Lev—. Tus pezones están duros.

Me miré y, efectivamente, mis pezones se destacaban contra la tela de mi vestido, por lo que crucé mis brazos sobre ellos. Por supuesto, eso solo hizo que mi escote prácticamente se desbordara por la parte superior.

—¿Este vestido es normal para Viken? —Me sentía como si hubiera salido de una película del Viejo Oeste, excepto que estos hombres definitivamente no eran vaqueros.

—Sí —dijo Drogan—. Mientras que una mujer debe ser modesta frente a los demás, se espera que una hembra sea todo menos eso con su pareja.

—Parejas —aclaró Tor.

—Ustedes me... excitan. —Los miré a cada uno de ellos al admitir esto—. Sin embargo, no es normal simplemente follar con tres extraños.

Ellos se miraron el uno al otro. —Siento tu continua reticencia y deseamos facilitarle las cosas. Te cubriré los ojos. —Drogan alzó una larga tira de tela y me mordí el labio—. Si bien los tres estaremos aquí, tocándote, dándote placer, no sabrás de quién es la boca en tu coño, de quien son las manos que tocan tus senos ni de quién es la polla que está dentro de ti. Tal vez no vernos a los tres ocuparnos de ti lo haga más fácil de aceptar.

4

*L*eah

¿ME VENDARÍA LOS OJOS? ¿Estaba tratando de ser pervertido? La idea de no poder ver y estar a merced de los hombres no me hizo entrar en pánico. Hizo que mi coño palpitara. Estaba desnuda debajo del vestido; podía sentir el suave deslizamiento de la tela sobre mi culo desnudo. Desde que llegué a Viken, podía sentir una punzada de lujuria centrada en mi clítoris y definitivamente no sentía que tenía nada puesto debajo de este vestido. Lev podría levantarlo ahora y tomarme por atrás. O levantarme mientras Tor me follaba en el aire.

Dios, ¿qué me pasaba? Quería que lo hicieran todo. Quería que me hicieran gritar. Necesitaba sentirme poseída, complacida y ser reclamada total y completamente. Solo entonces me sentiría segura aquí, solo entonces dejaría de tener miedo de un viaje de regreso a la Tierra.

—Está… está bien.

Ya no estaba en la Tierra. No tenía que vivir según las reglas de la Tierra. Tenía tres ardientes hombres idénticos que querían follarme. ¿Por qué debería negárselos? No era como si planearan follarme y dejarme. Eran míos, así como yo era de ellos. Yo era su pareja.

Mis amigas, las que tenía antes de comprometerme…

Drogan levantó el pedazo de tela para cubrir mis ojos mientras Tor se deslizaba para arrodillarse ante mí, descansando sus manos posesivamente en la curva de mis caderas. Lev tomó las puntas de la venda y ató la suave tela detrás de mi cabeza mientras Drogan posaba sus manos sobre mis grandes pechos. Lev besaba la parte de atrás de mi cuello, cuidadosamente moviendo mi cabello del camino. Estaba rodeada por ellos y les daba el control. Ni siquiera podría ver cuál de ellos me acariciaba o qué polla me llenaba el coño.

—Nadie… ¿nadie más va a entrar?

—Nadie —murmuró Drogan, para luego besar un lado de mi cuello—. Te compartiremos entre nosotros, pero con nadie más.

Al oscurecerse mi mundo, mis otros sentidos mejoraron instantáneamente. Me lamí los labios, nerviosa. Podía escuchar su respiración. Podía notar su aroma. Algo amaderado y oscuro. Cuando las manos de Lev terminaron de abrir los botones de la parte trasera de mi vestido, este se deslizó por mis hombros y cayó como la seda al revelar una estatua. La tela se deslizó suavemente sobre mis senos y caderas para arremolinarse en el suelo a mis pies. El aire acarició mi piel desnuda.

—Nos moveremos ahora, para que no sepas quién te está tocando.

Me dejaron sola durante varios segundos mientras se paseaban por la habitación, para luego volver a mí uno por uno. No sabía de quién eran las manos sobre mis pechos. Me quedé sin aliento cuando me sobaban y me acariciaban, con pulgares que rozaban mis duros y ansiosos pezones.

Otro par de manos se deslizó por mi vientre, por mis caderas, hasta bajar por la parte externa de mis piernas. Una mano se enganchó en mi rodilla y tuve que abrirme más. Esa misma mano se abrió paso por el interior de mi muslo hasta mi coño. No lo hizo rápido, pero tampoco se entretuvo mucho.

—Qué rosa.

—Bonitos pezones.

—Coño con labios gordos.

No podía descifrar quién estaba hablando, ya que sus voces eran iguales, pero me moví en mi lugar, incómoda ante su escrutinio.

—La marcaré ahora. —Pude oír el sonido de uno de ellos acariciando su polla. Era distintivo, incluso, por encima del tamborileo de mi corazón.

—Chicos, no creo que...

—Y esto. Está hermosamente adornada. Tan liso. Tan suave.

Alguien tocó mi clítoris y mis caderas se sacudieron por la intensidad. Era aguda, brillante y poderosamente excitante. —Por Dios, qué... ¿qué fue *eso*?

—¿No tienen aros de clítoris en la Tierra?

Me congelé por un momento mientras procesaba lo que decía y ante la sensación de labios suaves en mi cuerpo. ¿Un aro de clítoris? Un dedo se deslizó sobre mi coño.

—No tengo vello —dije, más para mí misma que para los tres hombres mientras un dedo se deslizaba sobre mí sin obstáculos. Estaba completamente depilada. Si bien me había afeitado y solía mantener mi coño limpio, esto era algo completamente diferente.

La pareja que estaba arrodillada ante mí hizo presión con los dedos, los labios y con el cálido movimiento de su lengua. —Los labios de tu coño se sienten suaves y son muy pálidos. Estás rosada, hinchada y brillas con dulce néctar. —Pero me costaba concentrarme en sus palabras porque no eran sus palabras las que acaparaban mi concentración, sino la atracción de su beso en mi nuevo aro de clítoris. No había visto el aro, pero sabía que existían. Me imaginé su lengua dando vueltas y chupando el pequeño círculo de metal que había sido insertado en el capuchón. Él movió su lengua suavemente sobre este y un pulso de placer se extendió desde allí hasta mi centro, para tensar mis pezones y hacerme jadear. Era muy sensible

—No voy a durar viéndola así —dijo uno de ellos mientras seguía acariciándose. Podía oír el carnoso deslizamiento de su puño sobre su polla, el reconocible sonido de un hombre dándose placer a sí mismo. Su mano comenzó a moverse más rápido y él se acercó.

—Nunca he... quiero decir, un aro, ¿por qué?

El que estaba arrodillado frente a mí siguió jugando

con el aro de clítoris con su lengua mientras sus manos se movían hacia el interior de mis rodillas, abriéndolas más para poder tener un mejor acceso, para poder acariciarme con toda la longitud de su lengua. Podía follarme con la punta y chupada exploratorias.

Mis rodillas cedieron y fuertes brazos me atraparon por detrás mientras el sensual ataque continuaba tanto en mis pechos como en mi centro. El hombre a mis espaldas presionó su dura polla contra mi trasero, para luego llenar mi oído con su gruesa voz. —Todas las mujeres emparejadas están adornadas de esta manera. Hace que follar sea mucho más placentero. Lo que es más importante, no habrá duda, por parte de ningún hombre, de que nos perteneces.

—Tócame —gruñó la voz detrás de mí. Incapaz de resistir su orden, llevé mi pequeña mano hacia atrás y la envolví alrededor de su muy grueso e hinchado tronco. El líquido se escurría desde la punta y hacia abajo sobre mis dedos. Era caliente, resbaladizo y se sintió increíble al tocar mi piel. —Con más fuerza, pareja. Haz que me corra.

Hice lo que me pidió, porque no podía evitarlo.

¿Sentiría siempre el aro de clítoris al caminar? ¿Siempre me excitaría?

—Apriétame fuerte. Hazlo ahora —gruñó.

Sentí su polla sacudirse y moverse en mi mano mientras gruesos hilos de esperma se disparaban de su tronco hinchado, aterrizando sobre mi culo y en la curva de mi espalda baja. Se sentía cálido contra mi piel. Cada pulsación aterrizó sobre mí. Exhaló una vez acabado y los tres hombres se detuvieron a mi alrededor como esperando mi reacción. Nunca antes me habían marcado el cuerpo con los húmedos cruces de semen.

Solté su polla y, si bien él acababa de liberar su esencia, todavía estaba erecto. Cuando lo solté, sus manos se movieron de mi cintura para restregar su esperma por mi culo como una loción. —¿Puedes sentirlo? —susurró.

Fruncí el ceño, pensando que sus acciones eran extrañas. La mayoría de los hombres buscaría un paño y limpiaría la semilla, pero él me cubría el trasero con ella, incluso se deslizaba hacia abajo y pasaba sus dedos resbaladizos por mis pliegues, mezclando nuestros fluidos.

Dondequiera que me tocara, sentía un cálido resplandor, como si estuviera esparciendo una crema medicinal diseñada para calentar mi piel. Entre mis piernas, estaba aún más caliente, haciendo que mi clítoris palpitara y doliera. Mi atención se centró en sus dedos grandes y romos, brillando con su semilla, moviéndose suavemente entre mis piernas y sobre mi trasero.

El hombre frente a mí chupaba con fuerza mi clítoris; el otro bajó su boca caliente hacia mi pezón con un mordisco suave y mis rodillas se volvieron gelatina. Ahora *podía* sentir algo moviéndose a través de mi sistema como la descarga de una droga estallando en mi torrente sanguíneo. Pero no estaba drogada, estaba excitada. Necesitada. Vacía.

—Me voy a caer.

Con un movimiento rápido, la pareja detrás de mí me levantó en sus brazos, esta vez no por encima de su hombro, y me llevó a la cama, acostándome suavemente sobre ella. La manta se sentía fría debajo de mi piel caliente. Algo me estaba pasando. Al estar con otros hombres en el pasado, me tomaba tiempo y un montón de juego previo excitarme lo suficiente como para tener sexo y, aun así, tenía que tocarme para correrme. Solo había tenido dos amantes, pero ninguno pudo satisfacerme por sí solo. Siempre tenía que hacerlo yo.

Pero acostada aquí con los ojos vendados, podía sentir el llamado ardiente de tres guerreros que se cernían sobre mí. Me sentía pequeña, indefensa y completamente a su merced. Los imaginaba con idénticas miradas oscuras en sus rostros, llenos de lujuria, hambre y demanda implacable. Yaciendo aquí, estaba más cerca de correrme que con cualquier otro hombre, y apenas me habían tocado.

—La semilla está funcionando —comentó uno de ellos. Extendiendo sus brazos, me tomó por los tobillos y me haló por la cama hasta estar acomodada justo en el borde. Poniéndose de rodillas, abrió mis muslos colocando una pierna y luego la otra sobre sus hombros.

—A los hombres del Sector Tres les encanta comer coño. —Sus pulgares acariciaron mis pliegues hinchados—. Yo no soy la excepción, pareja. Este coño es mío.

Bajó la cabeza y pasó su lengua por la longitud de mi línea, luego culminó sacudiendo el aro con su lengua.

Volví a caer en la cama con un suave gemido mientras una lengua ancha invadía mi coño con un fuerte y rápido golpe. Seguía con la venda sobre mis ojos y mientras la boca de mi pareja arremetía contra mi centro, otra se acercó y susurró su promesa contra mis labios. —Te vamos a follar, Leah. Los tres. Pero no hasta que te corras para nosotros.

—Pero...

La intensidad del placer de la lengua en mi clítoris era demasiada. Cuando deslizó un dedo dentro de mí, lo apreté, ansiosa por algo que me llenara. Pero fue cuando sus labios se cerraron sobre mi clítoris chupando fuerte y él curvó los dedos dentro de mí para acariciar mi punto G, ¡Dios mío, sí! Tenía uno, que mis caderas comenzaron a sacudirse y grité. Con fuerza.

¿Qué me estaba pasando? Acababa de conocer a estos hombres y estaba desnuda, las piernas abiertas de par en par con uno de ellos lamiendo y mordisqueando mi coño. ¡Tres hombres! Era una puta. Algo había sucedido en el transporte y ahora era toda una puta barata. Pero con la forma en que mi pareja tan hábilmente me acercaba más y más a correrme con su boca, no podía convencerme de que me importara.

—Es tan rico —gemí.

—¿Solo rico? —Escuché—. Hagamos que sea mejor que eso.

La voz sonaba como si los hubiera insultado. Una gran mano terminó en mi cabello, retorciéndolo y tirando de él hasta que mi cabeza se fue hacia atrás con un leve susurro de dolor. En lugar de protestar, alcé mis pechos en el aire con un suave quejido. Quería más. Necesitaba más. Como si pudieran leer mi mente, una segunda mano apareció para cubrir mi garganta y la apretó suavemente, no como una amenaza, sino marcando su propiedad, una demanda de confianza.

Debería haber estado asustada, debería haberles suplicado que se detuvieran, pero su contacto me hacía enloquecer, más allá de lo imaginable. Con la boca y los dedos de una pareja acariciando mi centro, perdí todo sentido de mí misma cuando una boca caliente se colocó sobre cada uno de mis pezones, succionándolos y tirando de ellos. Me mantuvieron en mi lugar y no podía ver ni protestar. No podía hacer nada más que romperme.

Me corrí. Grité. Me revolqué. Volé alto.

Era como una experiencia extracorporal, el placer era tan increíble que era brillante, caliente y cegador, incluso con los ojos vendados. Los hombres no cedieron, no me dieron ni un segundo para recuperarme, ya que sus bocas no se detuvieron y los dedos gruesos y diabólicamente talentosos continuaron deslizándose profundamente dentro de mí.

El sudor cubría toda mi piel. Mi corazón latía con fuerza en mi pecho. No podía recuperar el aliento mientras me tomaban de nuevo.

Mientras yacía inerte y repleta, levantaron mis piernas de los hombros de mi pareja. Unas grandes manos empujaron mis rodillas hacia mi pecho y dos pares de manos más se cerraron alrededor de mis muslos, manteniéndome completamente abierta para follar. Sentí un golpecito de polla en mi entrada, el aro de metal se deslizó sobre mi piel sensible cuando me abrió y lentamente me llenó. La curva del aro rozó el punto sensible dentro de mí que los dedos de mi pareja habían despertado. Mi coño estaba tan hinchado y apretado, tan sensible que no pude evitar el gemido que se me escapó.

—Tan lleno —susurré, con la boca seca por haber gritado mi primer placer.

No tenía idea de qué hombre me estaba follando y, por alguna razón, eso me hizo sentir más excitada de lo que nunca había estado en mi vida. Una boca reclamó la mía en un beso abrasador. No era gentil, no era dócil. Volví la cabeza hacia un lado para disfrutar mejor su boca y su lengua se deslizó hacia adentro. Pude saborearlo. Era dulce, almizclado y delicioso. Intenté levantar las manos y meterlas en su cabello, para descubrir quién me follaba, quién me besaba y quién me chupaba los senos.

No me lo permitieron. Unas fuertes manos agarraron mis muñecas y las sostuvieron sobre mi cabeza en la cama mientras su hermano arremetía contra mi coño con su enorme polla, follándome hasta que mi cabeza se sacudía de un lado al otro y les rogaba que acariciaran mi clítoris, para hacerme correr otra vez, para darme un poco de alivio

El hombre que me follaba movió sus manos hacia la parte posterior de mis muslos, asumiendo el trabajo de mantenerme abierta para que los demás pudieran tocar mis pechos, tirar y halonear de mis pezones. Unas manos agarraron mi culo, abriéndome para que su hermano me follara, con los dedos clavándose en mi piel y sosteniéndome exactamente donde ellos me querían. No sabía quién me estaba follando y habían tenido razón; no saberlo lo hizo todo más fácil.

Los sonidos de follar llenaron el aire húmedo, el sonido húmedo y resbaladizo de una polla entrando y saliendo de mi coño. Sus respiraciones apresuradas se mezclaban con mis suspiros y gritos de placer.

—Está muy apretada. —Esas palabras me hicieron apretar la polla dentro de mí. El aro de metal me acariciaba, mi propio aro de clítoris se movía cada vez que me llenaban. Iba a correrme otra vez. Esta vez se sentía diferente. Más. Ni siquiera me estaba tocando, lo cual era impresionante. Me había corrido dos veces sobre la boca de mi pareja y volvería a hacerlo... muy pronto, por ser follada.

—Es... por Dios, es tan rico —respiré sobre la boca caliente que me besaba.

—Córrete, Leah. Quiero sentir cómo te corres por toda mi polla. —La fuerte demanda venía por parte del hombre que me follaba, su comando era duro e insistente.

No tomó más que eso. Las palabras me hicieron estallar, arqueando mi espalda al correrme, la boca de mi otra pareja tragándose mis gritos de placer. La polla que me llenaba no cejó, sino que comenzó a moverse más rápido, pero en un ritmo más salvaje. Dio una última estocada y se mantuvo en lo más profundo de mí mientras yo recuperaba el aliento. Cuando sentí su semen cubriendo las paredes de mi coño, llenándome con un caliente y largo chorro, me corrí otra vez. Podía sentir su semilla, caliente y chorreante en mi interior, y la sensación que me cubría era demasiado intensa.

Segundos más tarde, las manos que sostenían mis muslos hacia arriba y hacia atrás se relajaron, la polla dentro de mí lentamente se retiró mientras la atención de mi otra pareja se desplazaba hacia mi pezón descuidado, tirando y chupando de él mientras yo gemía, conmocionada por la necesidad que aumentaba dentro de mí otra vez, incluso más rápido esta vez. Un chorro de semilla salió con la polla de mi pareja, escapando de mi coño para gotear sobre mi trasero.

Jadeé e intenté bajar las piernas a la cama. No tuve oportunidad.

—No hemos terminado, Leah. —La pareja que me besaba cambió de posición con su hermano para tomar su lugar entre mis muslos. Mientras su gruesa polla me llenaba nuevamente, me retorcí, desesperada por escapar de las sensaciones que abrumaban mi cuerpo. No había tenido un amante en bastante tiempo y las pollas de estos hombres eran enormes. No estaba acostumbrada a esas atenciones tan entusiastas y profundas.

—Deja de moverte. —Mi pareja tomó su lugar a mi lado, su mano llegando mi garganta en un movimiento que me hizo estremecer en señal de rendición. Su hermano mordió mi pezón, sosteniendo mis muñecas con su mano sobre mi cabeza mientras una enorme polla tocaba fondo dentro de mí, presionando contra la entrada de mi útero con un poco de dolor.

Reculó y se metió profundamente, sus bolas golpearon mi culo y la punta de su polla golpeaba mi útero como una explosión dentro de mí. Mi coño estaba en llamas por la semilla de mi primera pareja, los químicos de los que habían hablado corrían a través de mi sistema como un rayo. Debería haber pensado que esa noción era absurda, pero no podía negarlo. No podía moverme. No podía pensar.

Me folló con fuerza y rápidamente, sin sutilezas, solo con un poder bruto, animalístico que me llevó al límite tan pronto que me dejó gritando. Luego, él también pulsó dentro de mí, con su enorme polla llenándome de más semillas, de más placer.

Dios mío, iba a morir de orgasmos.

Él me dejó entonces y supe que no habíamos terminado. El agarre en mis manos se liberó y me mordí el labio, esperando a que la tercera polla me llenara. En cambio, jadeé cuando me voltearon con facilidad sobre mi estómago, metiendo una almohada debajo de mis caderas para que mi culo estuviera en el aire.

—No creo que pueda soportar más —murmuré, la frialdad de la manta me refrescaba la mejilla y los sensibles pezones.

Un fuerte estruendo llenó el aire antes de sentir el ardor en mi trasero. Me sobresalté con sorpresa, pero una polla se metió entre mis pliegues rebosados y se deslizó en mi interior, inmovilizándome en el lugar.

—¡Me azotaste! —No sabía a qué hermano le estaba gritando.

— Aceptarás todo lo que te demos.

Estando volteada para otro lado, el aro en su polla acarició una parte diferente de mi coño y provocó nuevas sensaciones. Este hermano no era gentil, pero yo estaba tan resbaladiza por las semillas y mi propia excitación que no necesitaba serlo. Él me follaba duro; sus caderas golpeaban contra mi culo. Una mano me acariciaba el cabello; otra la larga, línea de mi espalda. Unos dedos nuevamente se apoderaron de mi culo, masajeando la suave piel y abriendo mi centro para su uso y placer.

Estaba a punto de correrme otra vez, perdida como estaba por todo menos por las manos que me tocaban, la polla que me llenaba, las palabras excitantes que murmuraban. Fue el dedo que rozó mi entrada trasera, al principio ligero como la seda, luego presionando más fuerte, lo que me llevó al límite. Resbaladizo por la semilla que me cubría, entró en mí mientras mi cuerpo entero se tensaba al principio, para luego relajarse con el placer que me consumía. Un grito se atoró en mi garganta, el sonido atrapado con la respiración en mis pulmones. Mis dedos se aferraron a la ropa de cama, eso y las manos que sostenían mi culo eran lo único que me mantenía en la tierra. Estaba perdida, volando lejos.

Nunca antes había tenido nada en el culo. Pero con menos de una hora en Viken, ya tenía una polla en mi coño con un dedo deslizándose dentro y fuera de mi culo. Apreté los dos, tratando de mantenerlos adentro, tal vez incluso para empujarlos más profundamente. Sentí que la polla dentro de mí se engrosaba justo antes de sentir otra explosión de semillas llenándome. Gruñó, no sabía quién era, y seguramente habría hematomas en mi trasero por su agarre.

Una mano se enredó en mi cabello una vez más, sacando mi cabeza de la cama y forzándome hacia su hermano, quien me robó el aire con su beso y metió su lengua en mi boca justo cuando la polla en mi coño se metía y salía de mí, sin dejar nada intacto. Nada sagrado. Nada mío. Este cuerpo no era mío. Les pertenecía a ellos, a mis parejas.

Mi cuerpo estaba saciado, más que satisfecho, pero de alguna manera me obligaron a correrme otra vez, con un suave orgasmo que me sorprendió. Gemí ante las olas interminables de placer que fluían a través de mí.

Lentamente, la polla que me llenaba se retiró; su aro tocaba una vez más los tejidos sensibles. El dedo salió de mi culo. Me dejaron con los ojos vendados mientras dos manos grandes me sostenían en su lugar, acariciándome suavemente la espalda. Estaba feliz de no moverme, sintiéndome bien usada, pero sus continuas atenciones me reconfortaron.

—Bien, la semilla se está quedando adentro.

Estaba demasiado agotada para siquiera pensar en lo que estaban diciendo. Mis ojos se cerraron mientras sus manos acariciaban mi piel, como si no pudieran dejar de tocarme.

—¿Crees que esta semilla echará raíces?

—No puede ser tan fácil, ¿verdad?

—El poder de las semillas ya está funcionando. Ella se corrió cuando nosotros lo hicimos. Cada vez. La conexión es fuerte.

—Su cuerpo está llevando la semilla a su vientre.

—Mantengamos sus caderas elevadas por un tiempo.

—No queremos que pierda ni una gota.

No podía descifrar quién hablaba, pero tampoco me importaba. Me quedé dormida sin preocupación alguna. Tenía tres hombres que me querían, a quienes les gustaba y que estaban ansiosos por follarme. Quizás estar en Viken no sería tan malo.

5

Lev

Aunque no dormimos como ella, seguíamos sentados en la cama tocándola. Cada uno de nosotros se vistió a su vez mientras los otros dos se quedaron con ella. Por acuerdo tácito, no queríamos dejarla sola, intacta, ni siquiera por un minuto. Podía sentir vivamente la conexión que ahora compartíamos. Era como si hubiera encontrado una parte de mí que ni siquiera sabía que estaba perdida. La idea de estar separado de ella era demasiado espantosa como para considerarla. Mientras que el poder de las semillas había evolucionado en nuestra raza para atar a la mujer a nosotros, la fuerza de su efecto sobre mí era suficiente para hacer que me dolieran tanto el pecho como la polla. Mi polla palpitaba, lista para tomarla de nuevo.

Pero eso tendría esperar. Ya fuera por el transporte desde la Tierra o la follada, ella estaba agotada. Sus pestañas rojas descansaban sobre mejillas pálidas mientras yacía sobre su estómago, con el culo levantado en el aire. Unas huellas rojas de manos marcaban su piel pálida, una señal temporal de nuestra dominancia.

Era difícil no tomarla otra vez, porque su exuberante trasero y su coño muy rosado y muy hinchado estaban en perfecta exhibición. Solo un poco de semilla goteaba de sus pliegues. Dejar sus caderas elevadas ciertamente había funcionado para mantener nuestra semilla mezclada en lo más profundo de su vientre para asegurar no solo que la reproducción sucediera rápidamente, sino también para que el poder de la semilla la dominara. Quería acariciar mi polla otra vez, tomarla en mis manos y liberar mi semilla en su pálida piel, para esparcir mi esencia y mi aroma sobre cada centímetro de su cuerpo, para hacerla mía y mía sola.

Pero eso no la haría feliz; ella necesitaba que los tres la folláramos, que los tres la marcáramos con nuestra semilla. A ella le gustaba que la tomaran con gentileza. Le gustaba que le comieran el coño. Le gustaba una follada dura. Realmente estaba emparejada con nosotros tres. Podía ver el mismo deseo furioso, los mismos deseos de protección que ahora sentía por esta mujer en mis hermanos. Ella había reaccionado a cada uno de nosotros a su vez, una amante salvaje y desenfrenada, ansiosa por nuestras tres pollas. Los tres moriríamos para protegerla y ese no era un voto que un guerrero se tomaba a la ligera.

Los gritos que venían desde afuera del edificio fueron el primer indicador de que algo no estaba bien. Nos tensamos, preparados, nuestras mentes cambiaban de enfoque al posible peligro. Drogan se acercó a la ventana y miró hacia afuera. —Flechas. Están disparando flechas.

—La primera explosión despertó a nuestra pareja y ella se movió en la cama. Drogan giró sobre sus talones y me miró, con los ojos entrecerrados y la mandíbula tensada. —¿Por qué diablos el Sector Dos está atacando Viken Unido?

Caminó desde la ventana para pararse frente a mí, con la mandíbula apretada tan fuertemente como sus puños.

—No lo estamos. No lo haríamos. —Di un paso más cerca de Drogan. No me sentiría intimidado.

—Entonces, ¿por qué hay cientos de flechas sigilosas en el aire, buscando objetivos humanos? ¿Por qué tus equipos explosivos están disparando contra los edificios?

Fui a la ventana para confirmar sus palabras. Efectivamente, esas eran las flechas sigilosas usadas específicamente por mi sector.

—El Sector Dos es el único sector que usa flechas sigilosas programables —gruñó Tor—. ¿Que estás tratando de hacer? ¿Escaparte del emparejamiento? ¿Matar a uno de nosotros? ¿O quedarte con Leah... —hizo un ademán con la barbilla hacia nuestra pareja— ...para ti solo?

Leah se movió de nuevo, pero no se despertó por completo. Mostraba lo fuerte que la habíamos usado. Incluso siendo gentiles, lidiar con tres hombres era agotador. Ahora, con una amenaza sobre nosotros, se veía demasiado suave, demasiado vulnerable.

—Si no querías hacer esto, deberías haberlo dicho antes de que la folláramos —agregó Drogan.

Regresé a la ventana con Tor siguiéndome. Un enjambre de flechas negras flotaba en el aire, esperando arremeter contra cualquier movimiento en el suelo. Varias de ellas eran negras con puntas rojas y explotarían al impactar. Pero estas no eran mis flechas, no eran mis hombres quienes las disparaban. —¿Por qué haría esto? Si hubiera querido una pareja, lo habría dicho. Ninguno de ustedes habría protestado al principio.

—Sí, pero eso fue antes de que la viéramos, antes de follarla —comentó Tor, mirando por encima de su hombro mientras Leah se movía—. Mi semilla está dentro de ella ahora, igual que la tuya. Ella es mía y no renunciaré a ella.

Ella se despertó con un pequeño bostezo y se frotó la cara, luego se dio cuenta de lo expuesta que estaba. Con manos torpes, se levantó sobre sus manos y rodillas y se puso la manta alrededor del cuerpo. Frustrada con la almohada en la que había estado descansando, la arrojó fuera del camino.

Con su cuerpo cubierto en su mayoría, su cabello alborotado y su piel pálida todavía rosa por nuestra atención, lucía más decadente y deseable que nunca. La sábana blanca solo enfatizaba el pálido resplandor de su suave piel y el oscuro y sedoso color rojo sangre de su cabello. Miró alrededor de la habitación, sosteniendo la manta para cubrir sus pechos. —¿Que esta pasando?

—El Sector Dos está atacando Viken Unido.

Sus ojos se agrandaron como platos mientras salía de la cama y caminaba hacia nosotros. —¿Qué es el Sector Dos?

Estaba cubierta del pecho hacia abajo, solo se asomaba

su delgada pierna mientras caminaba. Sus hombros estaban desnudos y yo anhelaba besarla allí. Drogan la agarró y la cubrió con su cuerpo. —Mantente alejada de la ventana.

—No es el maldito Sector Dos —repetí. Pasé una mano por mi cabello—. Piensen, hermanos. No sabíamos el motivo de la solicitud del regente hasta que llegamos aquí. Él nos lo dijo a todos juntos justo antes de su transporte.

—¿Qué es el Sector Dos? —repitió Leah.

—Es de donde soy yo.

Tor y Drogan tomaron una pausa y yo aproveché mi ventaja. Al menos me estaban escuchando. Es más de lo que hubiera pasado antes de haber compartido una pareja.

—¿Por qué iba a planear algo como esto? Piensen estratégicamente. Las flechas son obviamente del Sector Dos. Si este fuera mi ataque, me aseguraría de usar algo más para desviar la culpa. Quizás alguno de ustedes planeó esto y tiene la intención de implicarme.

Se miraron el uno al otro.

—Alguien pretende ser del Sector Dos para mantenernos enemistados —dijo Drogan.

Eso es lo que asumí. —Si luchamos entre nosotros, entonces Leah no puede ser reproducida. La alianza de nuestros tres sectores fracasaría.

Todos miramos a nuestra pareja, despeinada y bien follada, desde donde se asomaba por detrás de la amplia espalda de Drogan.

—Ella podría estar embarazada ahora —comentó Tor—. Pusimos suficiente semilla en ella.

—¿Reproducida? —Ella se asomó por detrás de Drogan—. ¿Qué quieres decir con reproducida?

Claramente, las mujeres de la Tierra no eran reproducidas como en Viken.

—Serás quien dé a luz al único líder verdadero de Viken —le dijo Tor.

Entonces se alejó de Drogan completamente. —Así que me follaron porque soy una yegua de cría, porque quieren un hijo para una estúpida alianza, ¿y no porque me querían?

Sus palabras estaban llenas de ira e indignación. Pude ver la aplastante derrota en sus ojos y en la manera en que ella dejó caer sus hombros.

—No sé lo que es una yegua de cría, pero no suena bien. Te queríamos, Leah —dije, acercándome. Ella se echó para atrás, mirando a otro lado.

—Dios, los hombres son iguales donde sea que estén —refunfuñó—. Dejé la Tierra para alejarme de un imbécil que me quería como un objeto y ahora tengo tres de ellos.

—No tenemos tiempo en el presente para explicarnos —le dijo Drogan—. Esto es más grande que el plan del regente, a menos que supiera de un engaño por las facciones rebeldes o algún enemigo nuevo.

—Un enemigo que finge ser del Sector Dos —dije.

—¿Entonces acordamos trabajar juntos? —Tor miró entre nosotros y nos dimos miradas idénticas. Frustración, ira, protección.

Protección. Eso era todo. —Ellos quieren a Leah.

Tor y Drogan hicieron una pausa. —Esa sería una excelente razón para querer enemistarnos —agregó Tor.

—¿Quién? —preguntó ella—. ¿Quien me quiere?

¿Además de los tres hombres emparejados con ella? ¿Además de los tres hombres que la habían follado y le habían dado su semilla? ¿Además de los hombres cuya semilla de poder ella anhelaría pronto?

—No lo sabemos, pero es nuestro deber, nuestro privilegio, mantenerte a salvo —le dijo Tor.

—Sí —concordó Drogan.

—Tememos que puedas ser el objetivo de una facción de rebeldes que desean mantener el planeta dividido, que no desean que lleves al único heredero verdadero —le dije.

Tor fue hacia la ventana y bajó la persiana. —Debemos separarnos y dejar Viken Unido.

Viken Unido era territorio neutral. Una pequeña ciudad ubicada en una isla, permitía que todos los sectores asistieran a reuniones pacíficas. Era raro que se reunieran representantes de los sectores; nunca había visto a mis hermanos antes de hoy. Tal vez era porque éramos idénticos o porque ahora teníamos un objetivo común, especialmente con el poder de la semilla sobre nosotros, que sentía que nuestras diferencias desaparecían. Nuestro enfoque antes había sido ser líderes buenos y responsables en nuestros sectores. ¿Pero ahora? Ahora estábamos juntos por Leah.

—Sí, podemos volver a encontrarnos, en un lugar neutral, en un lugar donde nadie reconocerá a uno de los tres líderes del sector o a su pareja. —Mientras hablaba me paseaba, Leah nos miraba con ojos cautelosos y heridos.

—¿Un centro de entrenamiento de novias Viken? —Tor hizo la sugerencia y cuanto más pensaba en ello, mejor sonaba la idea.

—¿Una choza para follar? —El apodo retumbó, ya que

todos los hombres del planeta sabían exactamente lo que sucedía en las chozas aisladas construidas en los terrenos del centro de entrenamiento. A las mujeres se las entrenaba, se las azotaba y se las follaba hasta lograr la sumisión. La idea de llevar a Leah allí, de atarla, su culo en el aire por mis fuertes nalgadas, sus piernas abiertas para mi polla... tuve que acomodar mi polla en mis pantalones por el solo pensamiento. En el Sector Dos, dominábamos a nuestras mujeres, atendíamos todas sus necesidades y sus deseos más oscuros. Nos asegurábamos de que nunca miraran a otro, que nunca necesitaran a otro, que nunca tuvieran fantasías secretas sin cumplir. No podía esperar por descubrir las oscuras fantasías que acechaban detrás de los ojos inocentes de Leah.

Los Viken construyeron centros de entrenamiento de parejas que, a menudo, usaban los guerreros cuando regresaban de las líneas de combate con la Colmena en el espacio profundo. Los guerreros Viken servían en los acorazados interestelares, luchando contra la Colmena, como lo hacían los guerreros de todos los planetas miembros. Si bien habían estado enviando menos que en el pasado, todavía había hombres ágiles y hábiles en primera línea. A los guerreros lo suficientemente afortunados como para ganar el elogio y el rango de un oficial, se les otorgaban novias del programa de la coalición antes de regresar a casa. Los centros de apareamiento proporcionaron la privacidad, la seguridad y el equipo necesarios para entrenar a una nueva novia.

—Nos buscarán a los tres con Leah —dijo Drogan—. Así que les daremos un solo hombre y una sola pareja.

Tor entendió de inmediato. —Ser idénticos es ciertamente útil.

Leah parecía confundida, pero permaneció en silencio.

Drogan fue a la sala de baño y regresó con unas tijeras. —Lev, es tu sector el que está siendo suplantado, lo que significa que debes llevarte a Leah. Parecerá que creemos que son flechas del Sector Dos y la llevarás a tu casa.

—Sí, es un buen punto —acepté.

—No —dijo Leah, mirando al piso, luego mirando entre nosotros. Ella ya no parecía estar confundida, sino clara y concentrada—. No sé lo que está pasando, pero si voy a obtener respuestas de ustedes tres sobre esta cosa de la reproducción, primero tenemos que llegar a un lugar seguro, ¿verdad?

Asentimos.

—Entonces tengo una idea —continuó.

—Estamos ansiosos por escuchar esto —dijo Drogan, cruzando los brazos sobre el pecho.

Leah sonrió. —Un juego de trile.

No sabía qué demonios era un juego de trile, pero supe mientras lo explicaba que nuestra pareja no solo era hermosa, sino también era inteligente y astuta. Una combinación despiadada que encajaba perfectamente con nosotros tres.

LEAH

No tenía idea de lo que estaba pasando. En lo absoluto.

Los hombres mencionaron disparos de flechas y me confundí. ¡Flechas! Entre el vestido largo y el armamento obsoleto, sentía que había aterrizado en el Bosque de Sherwood y no en Viken. La curiosidad se apoderó de mí y quiser ver las flechas, pero Drogan no me lo permitiría. Me había empujado detrás de él, obstaculizando la ventana. Inicialmente me molestaron sus costumbres de hombre de las cavernas, pero me di cuenta de que era porque me estaba protegiendo, resguardándome del daño con su cuerpo.

No entendía su charla sobre sectores, pero sí entendía de política. Mi padre había sido un concejal de alto rango de la ciudad antes de morir y yo había escuchado muchas conversaciones en cenas donde se hacían negocios y se firmaban contratos con apretones de manos. Seguí sus pasos por un tiempo, sirviendo como una empleada de la ciudad de bajo nivel, ansiosa por subir de categoría y, a la larga, postularme para un cargo mayor. Pero eso había sido antes de conocer a mi prometido. Él me había convencido de renunciar a mi trabajo, de volverme más dependiente de él. Esa debería haber sido mi primera pista de que algo andaba mal.

Aquí y ahora, en este mundo alienígena, alguien intentaba atraparme a través de los tres hombres, dividiéndolos, no geográficamente, sino levantando sospechas y jugando con una vieja desconfianza. Me pareció que su vínculo como hermanos era más fuerte que el de cualquier sector del que provinieran. Tal vez eran los sentimientos increíblemente fuertes que sentía por ellos. Supe de inmediato cuando estuve delante de Drogan en esa fila de hombres que él era mi pareja. Pero ahora, el sentimiento era aún más fuerte.

La atracción que sentía por estos tres hombres era intensa. Los necesitaba, necesitaba su contacto y su semilla, lo que era completamente loco. ¡Su semilla! Sentía que ansiaba una droga. Habían mencionado el poder de las semillas y tampoco tenía idea de qué era eso. Tenía muchas preguntas, pero no era el momento adecuado. Necesitábamos alejarnos de aquellos con las flechas y se me ocurrió una idea. Afortunadamente, no eran demasiado anticuados como para no escuchar. Después de que les dije, sonrieron, satisfechos con el plan.

Drogan me entregó las tijeras y se arrodilló sobre el suelo a mis pies. —Córtalo para que coincida con el de Lev —dijo.

De rodillas, estaba a una altura en la que yo podía recortar fácilmente su largo cabello. Se lo corté a él y luego corté los mechones ligeramente más largos de Tor para que coincidieran con los de Lev. No pasó mucho tiempo y pronto los tres lucían iguales, a excepción de la cicatriz en la ceja de Lev. Pero esa diferencia era bastante pequeña. Desde la distancia, no sería evidente en absoluto. Se cambiaron de ropa, Drogan se fue por un momento para regresar con atuendos negros idénticos al de Lev. Tor y Drogan se pusieron la ropa nueva y cuando los tres se pararon frente a mí, quedé en estado de shock. Realmente eran idénticos. Pero ahora podía diferenciarlos. Los sentía: la oscuridad de Lev, la ira de Tor, el orgullo de Drogan. Cada uno de ellos me llamaba, el poder de su semilla era un sabor único en mis sentidos, pero ansiaba a cada uno.

Llevaba conociéndolos menos de dos, tal vez tres horas y ya sabía todo esto. Era increíble. Todo era increíble desde que llegué. Pero la sensación resbaladiza de su semilla deslizándose por mis muslos era como una droga y parecía que me gustaba mucho lo increíble que era.

Cuando Lev recogió mi vestido para mí, me di cuenta de que había hecho todos los cortes de cabello usando solo una sábana. No fue sino hasta entonces que tomé nota de mi cuerpo. No estaba realmente adolorida, pero me sentía muy bien utilizada. Me dolía el coño y tomé nota de mi clítoris de nuevo; el aro que atravesaba el capuchón era una provocación constante. Era cierto, me hacía desear más. Ser follada por tres hombres, uno después del otro, no era suficiente. Yo quería más. Una y otra vez.

—¿Lista? —preguntó Tor.

Asentí mientras los otros hombres desnudaban la cama y armaban los señuelos.

—Iremos hacia el agua y nos encontraremos esta noche —dijo Lev.

Drogan asintió. —Llévatela, Lev. Permanezcan en la choza para follar hasta que nos reunamos y tengamos tiempo para considerar nuestros próximos pasos. Pero no la folles, hermano. Debemos compartirla siempre hasta que nos dé un hijo.

Lev envolvió la sábana a mi alrededor y me levantó en sus brazos, sin darme tiempo para pensar en la idea del hijo. Su abrazo se sentía bien, como si estuviera volviendo a casa. Drogan se inclinó y me besó rápidamente antes de colocar la sábana sobre mí por completo.

—Espera —dijo Tor. Bajó la sábana, me besó también y volvió a cubrirme la cara.

No pude ver qué sucedió a continuación, pero me sentía tranquila en los brazos de Lev. Pude escuchar el sonido de las voces una vez que estuvimos afuera, hubo gritos y entonces Lev huyó. Me colocaron sobre algo duro, pero el suelo se tambaleaba. De repente, me estaba moviendo, deslizándome. No podía encontrarle sentido, hasta que escuché el sonido del chapoteo del agua. Un bote. Permanecí callada e inmóvil hasta que Lev murmuró. —Puedes quitarte la sábana de la cabeza, pero no te levantes hasta que sepa que estamos fuera de peligro.

Aunque no podía descifrar si el plan había funcionado, que Drogan y Tor cargaran montones de almohadas envueltas en sábanas como señuelos, estábamos fuera del peligro. Si el grupo que empuñaba las flechas era leal hacia un hermano específico, tendrían miedo de matarlo. Cómo habían escapado los otros hermanos, no lo sabía. Solo sabía que pronto volveríamos a estar juntos. Mi cuerpo estaba ansioso, deseaba a mis tres hombres, y sentía que tenía que tenerlos conmigo de nuevo o moriría.

Apartando el material de mi cara, respiré profundamente el aire húmedo. El cielo era azul y estaba lleno de nubes. De no saberlo, habría pensado que todavía estaba en la Tierra. Fueron las dos lunas en el cielo las que me recordaron que este era un nuevo hogar, una nueva vida. Bajé la mirada hacia mi cuerpo y vi a Lev con un remo. Cada vez que lo levantaba, el agua goteaba de la cuchilla de madera. Parecíamos estar en una canoa de madera, lo que explicaba la sensación de deslizamiento y su forma larga y estrecha. Podía oler el agua, el sabor salado que llenaba el aire. Pasé largos minutos mirando en silencio al hombre que acababa de follarme. Me dolía el coño por sus atenciones viriles. ¿Me había follado él primero? ¿Había arremetido contra mí sosteniendo mis piernas abiertas, o me había volteado y me había tomado por detrás?

Me habían vendado los ojos y no tenía idea de quién me había hecho qué. Fueron los tres, juntos, quienes me tomaron. No importaba de quién era la polla que me había llenado, todos me habían follado. Pero por alguna razón, quería saber qué toque le pertenecía a él, qué polla dura había sido la suya.

Lo estudié. La semejanza entre los tres era notable. La mandíbula definida, los bigotes incipientes que la cubrían. No me habían dado la oportunidad de tocarlos, pero me preguntaba si serían suaves o ásperos al contacto con mi mano. Sus ojos eran oscuros, mucho más oscuros que su cabello. La piel bronceada indicaba que pasaba mucho tiempo al aire libre. La cicatriz que dividía su frente era evidencia de que había visto el peligro. La forma en que los tres no entraron en pánico cuando llegó el ataque fue una prueba adicional. Estos hombres eran guerreros.

—Todos me follaron solo por deber —le dije, en voz baja—. Ninguno de ustedes quería una pareja. —Me estaba convirtiendo rápidamente en un desastre incontrolable. Mis emociones cambiaban tan rápidamente que estaba agitada por dentro. Me sentía confundida, herida, necesitada, todo junto. Tantas cosas me habían sucedido en unas pocas horas, y no solo me refería a que tres extraños me follaran, que me sentía abrumada. De estar en la Tierra, diría que era hormonal. Aquí, tal vez era ese extraño poder de semilla. De cualquier manera, algún enemigo que yo ni siquiera conocía intentaba llevarme, por un oscuro propósito que solo podía imaginar. Para mis parejas, yo solo era una máquina de bebés y eso era todo.

Lev miraba en todas las direcciones, probablemente en busca de posibles peligros. No me miró al responderme.
—Viken es un lugar complicado, Leah. Ha habido décadas de guerra y una paz muy tenue. Mis hermanos y yo somos los verdaderos líderes de Viken. Separados al nacer, estuvimos acostumbrados a mantener esta paz, pero a costa de un planeta dividido. Nuestro hijo y tú son quienes unirán a todos los Viken una vez más.

Estaba tumbada sobre una canoa de madera, una simple canoa, ¿y tenía tanto poder en mi vientre? Seguro. ¿Cómo podría yo, la simple Leah de la Tierra, tener ese poder? Y noté que él no había respondido mi pregunta.

—No me querías, Lev. Ninguno de ustedes me quería. Simplemente desean salvar su mundo reproduciéndose conmigo. —Seguramente podía escuchar el desdén en mi voz ante esas palabras.

Yo quería tener hijos, algún día, pero no porque se necesitara un niño para una armonía planetaria. Quería tener un hijo con un hombre, no con tres, que anhelara las noches de insomnio, los primeros pasos, los hitos de ver a una persona crecer de un niño indefenso a un adulto desarrollado, tanto como yo. Quería que mi hijo fuera una creación de amor, no de ganancia política.

Me encontró con su mirada y la mantuvo sobre mí. —No, no quería una pareja. —Si bien no lo negó, eso no disminuyó el dolor agudo que provocaron sus palabras—. Los tres fuimos convocados a Viken Unido hoy bajo falsas pretensiones. Te pusieron frente a nosotros como un caramelo especial. La última vez que mis hermanos y yo estuvimos juntos en la misma habitación fue cuando teníamos cuatro meses.

—¿Y fueron separados y enviados a crecer en los diferentes sectores? —le pregunté, recordando fragmentos de sus conversaciones de antes.

No podía imaginar eso, hermanos separados de esa manera, y por razones políticas. Había oído que los gemelos idénticos podían leer sus pensamientos. Había oído que no podían estar separados, que les dolía de alguna manera. Incluso, había oído que sabían el momento en que moría su gemelo. Pero ¿trillizos separados desde tan jóvenes? Sentía su dolor. Tal vez yo no era la única que hacía un sacrificio.

Lev asintió. —Cuando asesinaron a nuestros padres. —Cambió el remo al otro lado y el bote giró levemente—. Nuestra separación ha mantenido la paz, ha salvado muchas vidas. Pero no las suficientes. No es suficiente. Ahora nos enfocamos en matarnos unos a otros en lugar de proteger el planeta. Nuestros guerreros se han vuelto complacientes y han olvidado el verdadero peligro para nuestra gente. Tú se los recordarás. Nuestro hijo los unirá.

—¿Cómo puedes creer eso? Ustedes apenas se juntaron para mí hace unas horas y ya comenzaron los alborotos.

Él inclinó la cabeza y me miró. —Siempre ha habido conflictos, pero el poder que tendrás es enorme. Y hay algunos entre nosotros que no desean la paz.

—¿Cómo es que soy poderosa? —pregunté, una pregunta que ya me había hecho antes—. Solo soy una mujer de la Tierra que se fue porque... —Me mordí el labio, no quería compartir con él lo débil que realmente era. Si yo era la mujer, el vínculo que unió a estos hombres para hacer un bebé, la madre de una nueva vida destinada a ser el líder de todo un planeta, él no necesitaba saber que era una perdedora por estar comprometida con un hombre tan peligroso y malvado, por creer en sus mentiras.

—Tienes un gran poder porque elegimos dártelo —respondió.

Fruncí el ceño. —Yo... yo no entiendo.

—Veo ahora que nuestro apareamiento nunca fue realmente una elección. La conexión entre parejas es muy fuerte. Lo sentiste cuando llegaste a Drogan en la fila de hombres.

No podría negar eso.

—Pero es el poder de semillas que ahora nos conecta lo que hace que los cuatro seamos peligrosos para quienes tienen planes poco escrupulosos.

—Te escuché decir eso antes. ¿Poder de semilla?

—La semilla de la polla de un hombre de Viken, al tocar a su pareja, al llenar su coño, lo une con su pareja de manera elemental. Cambia nuestros cuerpos a nivel celular, así como cambiará el tuyo. Sé que sientes la atracción entre nosotros, la necesidad dolorosa, la fuerza adictiva.

Negué con la cabeza, rechazando la verdad. ¿Me cambiaría a nivel celular?

—¿*Cómo* te sientes? —Su mirada se posó sobre mí y me

sonrojé, aliviada de que no pudiera ver mis pezones endureciéndose y mi coño palpitando. Cuando permanecí en silencio, él me miró, sus ojos eran oscuras pero tranquilas piscinas de autoridad. Podía ahogarme en sus ojos, olvidarme de mí misma y perderme allí.

—Leah, soy el hermano que te atará y tomará lo que quiere de ti. Yo seré quien te coloque sobre su regazo y te azote el culo por ser mala.

Dejé caer mi boca y sentí el miedo renacer. Entonces, ¿lo había hecho de nuevo? ¿Confié en un desgraciado que me pegaría, que...? Ni siquiera podía pensarlo. —Tú... ¿vas a golpearme?

—¿Golpearte? Jamás. —Él negó con la cabeza lentamente—. Exigiré obediencia. También te daré placer. Exquisito placer. Observaré tu pulso y tu aliento. Sabré cuando mientas, cuando tratas de esconder algo, cuando realmente necesitas correrte y cuando simplemente dejas que tu cuerpo te gobierne.

Fue mi turno de negar con la cabeza. —No.

—No estarías emparejada conmigo si no quisieras que te posea, Leah. Imagíname atando tus muñecas a la cabecera para poder hacer lo que quiera contigo. Imagina que meto mi polla en tu culo en lugar de mi dedo. Imagina que retengo tu liberación hasta que grites, hasta que pierdas el control. Hasta que te ordene que te corras sobre mi polla o mi lengua.

¿Así que Lev fue quien me tomó por detrás, quien removió su dedo en mi culo virgen, quien me folló con fuerza, llevándome al límite del dolor antes de hacerme explotar? Por Dios, me sentía tan mortificada como excitada.

—El poder de las semillas no solo te afecta a ti. Me afecta a mí también. A Tor y a Drogan, también. Ahora lo sienten con más intensidad, seguramente, porque no están cerca de ti. Dime. ¿Cómo. Te. Sientes?

Cada palabra era cortante e intensa, su afilada intensidad me hizo responder sin pensar.

—No sé *qué* siento exactamente. Anhelo, necesidad, excitación. Dolor.

—¿Dolor por nuestras pollas?

—Sí, pero dolor porque... porque no están aquí.

—¿Tor y Drogan?

Me lamí los labios, preocupada de que él pensara que quería a los otros en lugar de él.

—Sí. Yo... los extraño.

—Buena niña.

—¿No me azotarás o me atarás?

Entrecerró los ojos. —Haré ambas cosas y te va a encantar.

No sabía qué más decir, ni quería seguir preguntándome por qué estaba tan fascinada, tan excitada por sus sucios planes, incluso después de todo lo que me había sucedido en la Tierra, así que cambié de tema.

—¿A dónde vamos?

—A un centro remoto usado para entrenar nuevas parejas. La mayoría de las parejas no se emparejan como nosotros, sino cuando muchos guerreros regresan de la guerra y no se conocen entre sí. Para que el emparejamiento tenga éxito, un retiro a un centro puede ayudar. Este centro específico es el más remoto y aislado. Es para las mujeres más recalcitrantes de Viken.

—¿Crees que soy recalcitrante? ¿En serio? Soy de la

Tierra, no recalcitrante —murmuré. No era muy hábil en el cortejo. Poco de lo que me dijo (mi estado de ánimo, su interés en atarme) me hacía encariñarme con él. Aun así, lo quería con una necesidad despiadada que no podía negar.

—Eras bastante aceptable mientras te follábamos antes, pero tienes más cosas que ajustar que la mujer promedio de Viken con su nueva pareja.

—¿Oh? ¿Como qué?

—Para empezar, no eras virgen, por lo tanto, debemos separarte de cualquier conexión anterior.

—Te lo aseguro —refunfuñé, pensando en mis amantes de la Tierra, quienes, después de la follada que acababa de recibir, ahora podía decir eran definitivamente inútiles—. No hay conexiones pasadas. ¿Crees que estaría aquí, en otro planeta, si las hubiera?

—No sabemos esto, así como tú no sabes nada de nosotros. Incluso con el poder de la semilla, estarás obligada a satisfacer nuestras tres necesidades sexuales, necesidades con las que has sido emparejada, pero como ya lo has demostrado, lo más probable es que lo niegues.

—No les he negado nada —respondí—. Follé con tres desconocidos a los pocos minutos de mi transporte. —Tan mortificada como habría estado mi madre conmigo, de haberlo sabido, se habría revolcado en su tumba, me había encantado cada minuto. Miré hacia el horizonte a mi derecha, observé cómo las dos grandes lunas se alzaban como silenciosos discos dorados en el cielo cada vez más oscuro. Un puñado de estrellas apareció entre las nubes, pero no las pude reconocer. El gran peso del agua en el aire se hizo más frío a medida que su gran sol naranja se

Reclamada por sus parejas

ponía a mi izquierda; el frío se filtraba a través de la manta para ponerme la piel de gallina. Sentía los pezones como guijarros, pero no les puse atención. No necesitaba ese tipo de distracción en este momento, no con Lev mirándome como si quisiera abalanzarse sobre mí y follarme descontroladamente.

Él hizo un ademán con su barbilla en mi dirección. —Quítate la sábana y levántate el vestido. Quiero ver tu coño.

Mirándolo con los ojos muy abiertos, chillé: —¿Qué? Pero hace frío.

—Pensé que no me negarías nada. Si no quieres ser castigada, obedéceme ahora. Muéstrame tu coño.

Aunque me gustaba que estuviera ansioso por mi cuerpo, no estaba lista para eso, así que le pregunté: —¿No se preocuparán las personas por unos trillizos idénticos vagando por este supuesto centro para parejas recalcitrantes?

Lev levantó una ceja, suspiró, pero respondió mi pregunta. —No verán a tres hombres, solo verán a uno. Allí nadie sabe quiénes somos, nadie sabe que somos trillizos. Te lo aseguro, todos en el centro estarán... preocupados por sus propios intereses.

Solo podía imaginar lo que estarían haciendo, preocupados. Follando. Atando a las mujeres y haciéndolas gritar de placer. Haciéndolas rogar. Mi clítoris palpitó alrededor de ese pequeño aro ante la idea.

—No saldremos juntos en público como grupo —continuó—. Estarás con uno de nosotros en todo momento, pero los cuatro solo estaremos juntos en los confines de nuestra choza para follar.

—¿*Choza para follar*? ¿*En serio*? ¿Es este mundo tan primitivo? —Sentía como si hubiera retrocedido en el tiempo—. Siempre había asumido que la Tierra era el planeta menos avanzado, con los hombres más primitivos.

—Estamos mucho más avanzados que la Tierra, te lo aseguro. Simplemente elegimos una forma de vida más simple.

—Como la canoa.

—Como la canoa —repitió—. Ahora muéstrame tu coño.

Él era un hombre muy centrado.

—¿Qué pasa si no quiero?

—Tu desobediencia ya te ha ganado unas nalgadas, así que, si te niegas más, solo hará que el castigo sea más largo.

—¡Me estás haciendo exponerme ante ti!

Él sonrió. —Así es. Pero te va a gustar. Lo prometo.

—¿Me azotarás si no hago lo que dices?

Entonces se rio, inclinando su cabeza hacia el cielo y exponiendo su cuello, con su manzana de Adán moviéndose. —Voy a azotarte de cualquier manera, pareja. —Su sonrisa al mirarme era perversa. Era como si no pudiera esperar para hacerlo. Bajé la mirada hacia su regazo. Basada en el grueso bulto presionando contra la parte delantera de sus pantalones, pude ver que estaba muy ansioso—. Tú decidirás si quieres correrte cuando lo haga.

Parecía ser un hombre paciente, porque me tomé mi tiempo considerándolo. Miré hacia el cielo de Viken, luego hacia él. Su mirada vigilante regresó mientras remaba sin esforzarse; los músculos de sus hombros y brazos se movían mientras lo hacía. El agua salpicaba del extremo del remo; el viento me ponía el cabello en la frente. Era tan tranquilo. Tan sencillo. Pero ¿de verdad lo era?

Sí, había dejado que tres hombres me tomaran, pero esto, esto parecía diferente, más íntimo de alguna manera. Él quería esto, no, lo exigía, y yo tenía que decidir si cedería. Mi mente me decía que no, pero mi cuerpo, Dios, mi cuerpo decía que sí. Tal vez era un lector de mentes, porque comenzó a hablar, a pesar de que mantenía la vista en el paisaje.

—Mi polla está dura como una roca. Podrá ser el poder de las semillas, pero te quiero. Drogan llegó a probar tu coño y se me hace la boca agua por hacerlo. Me pregunto si eres tan dulce como me imagino. He oído que cuando una hembra entra en contacto con la semilla de su pareja por primera vez, la necesidad es poderosa. Supuestamente se desvanece con el tiempo, pero eso tomará años, si no décadas.

¿Décadas de sentirse así? Me lamí los labios ante sus decadentes palabras. ¿No se cansarían de mí?

—Tus pezones deben estar duros y tu clítoris... tu clítoris debe estar grande y muy sensible con el aro allí. Apuesto a que cada vez que te mueves, el aro te hace sentir más desesperada por sentir mi boca saboreando tu coño.

Me arranqué la sábana, demasiado caliente y envuelta con mi vestido largo después de sus sucias palabras. Una sonrisa curvó sus labios, pero él no hizo ningún comentario sobre mi rendición.

—Tus propios jugos y nuestra semilla deben estar

cubriéndote los muslos ahora. —Volvió la cabeza para mirarme. Me perforaba como si me hubiera golpeado una de esas flechas—. Muéstrame, Leah.

Me concentré solo en él, olvidando todas las razones por las que no debería estar haciendo esto. Recogí poco a poco el largo de mi vestido.

—Abre tus piernas para mí.

Me recosté frente a él, así que abrí las piernas y levanté los pies sobre el asiento frente a mí. Al colocar mis rodillas a los costados del bote para asegurarme de estar bien abierta y lista para él, el aire fresco se movió por mi coño.

Él entrecerró los ojos, bajando la mirada. Pude ver que su mandíbula se tensaba y su polla se engrosaba en sus pantalones.

—De no estar remando, tendría mi cara entre tus piernas.

Un pequeño gemido escapó de mis labios.

—Colocarás tres dedos dentro de tu coño y los mantendrás allí hasta que lleguemos. No puedes moverlos y no puedes correrte.

6

rogan

En solo una hora todo pasó de estar completamente calmado a ser una locura. En un minuto, el regente nos contaba acerca de un emparejamiento que había hecho para mí, para nosotros, y al minuto siguiente, la habían transportado de la Tierra. La primera vez que la vi, sentí la conexión. Cuando lamí su coño y la probé, supe que era mía. Pero fue cuando me corrí dentro de ella, más fuerte que nunca en mi vida, que estaba condenado. El poder de las semillas al follar pudo haber afectado a Leah, pero me jodió bastante a mí.

Nos separamos cuando llovieron las flechas sigilosas; nuestro plan era reunirnos en la choza para follar. Su efecto sobre mí se hizo obvio al separarnos. Leah se había ido con Lev por una dirección y yo me había ido por otra. Tor, por una tercera. Sentí intensamente mi separación de ella, como si me hubieran cortado una extremidad. Me dolía por dentro, además de que mi polla estaba dura, me dolía el cuerpo por ella. Sabía que Lev la protegería con su vida, pero no estaría completo hasta tocarla de nuevo.

Cuando llegué al centro de entrenamiento de novias Viken, el pesado manto de la noche ya había caído. Me colé dentro de la choza que habíamos elegido y cuando descubrí que Tor ya estaba allí, esperando, supe que estaba igual de afectado. Si bien apenas nos conocíamos, en absoluto, podíamos compadecernos de cómo reaccionábamos ante Leah, o la falta de Leah.

—Si Lev no la trae pronto, puede que enloquezca —dijo, su voz mezclada con frustración y un poco de ira. Como las chozas estaban separadas y la naturaleza del lugar era la privacidad, no me preocupaba que alguien llamara a la puerta. La mitad del complejo se usaba para entrenar a nuevas novias; la otra mitad, para procesar a las novias enviadas a otros mundos, a otros guerreros, a otros planetas. De cualquier manera, la privacidad se mantenía.

Nadie nos molestaría, pero Tor igualmente bajó las persianas antes de encender las linternas.

—Lo sé. Tengo que correrme, maldición, ansío hacerlo, pero no creo que mi mano vaya a hacer la diferencia.

Tor se rio entre dientes. —Crecimos odiándonos y nos tomó menos de un día corrernos juntos. Alguien está tratando de separarnos. Somos hermanos, pero extraños, y ahora deseamos a la misma mujer. ¿No deberíamos estar enemistados? Debería querer matarte por siquiera pensar en follar con mi pareja. Pero también es tu pareja.

—Extrañamente, no tengo celos de ti. —Miré al hombre que se parecía a mí—. Si fuera otra persona, no tú o Lev, sino un extraño...

—Estaría muerto.

Lo despedazaría miembro a miembro. —Exacto.

Echando un vistazo a la gran habitación, omití los requisitos básicos, el área de preparación de alimentos, baño, mesa y sillas, y me concentré en el equipo de apareamiento. Un banco que se usaba específicamente para follar, que permitía colocar a una mujer con la cabeza baja para que cualquier semilla que la llenara permaneciera adentro no solo para ayudarla a echar raíces, sino para garantizar que se lograra la potencia de la semilla. Conociendo a Lev, también funcionaría como un banco de nalgadas muy efectivo.

—Una vez que ella esté aquí, le enseñaremos cómo ser una pareja de Viken. La follada anterior había sido solo un preliminar, para poner nuestra semilla sobre ella, en ella, como protección por si alguien intentaba reclamarla. Aquí, no debería ser demasiado difícil entrenar a su cuerpo para aceptar a tres hombres.

—Ella nos tomó muy bien antes. Si así es como me siento después de una follada, no tenemos que preocuparnos por reproducirnos con ella.

Abrí un cajón y encontré una variedad de juguetes sexuales que el centro ofrecía en todas las chozas para follar. Consoladores, tapones, cuerdas, cadenas pequeñas, tablas y más. Cualquier cosa que un hombre pudiera necesitar para su pareja. —Si todavía no está embarazada, el esfuerzo para hacerlo, sin duda, será placentero.

Tor solo gruñó su respuesta, para luego acomodar su polla en sus pantalones.

Las pisadas sobre el suave suelo interrumpieron la quietud de la noche. Lev entró por la puerta acompañado por Leah. La miseria que había sentido desde que nos separamos había desaparecido, reemplazada por una sensación de euforia, como si hubiera tomado una droga intensificadora. Ella llevaba el mismo vestido sencillo, su cabello ahora era un enredo salvaje. Tenía las mejillas enrojecidas y respiraba como si hubiera corrido hasta aquí en lugar de llegar en bote.

Tor y yo dimos un paso hacia ella al mismo tiempo y ella corrió hacia nosotros, envolviendo un brazo alrededor de cada uno de nosotros. Sus dedos se clavaron en mi espalda y ella comenzó a absorber mi esencia, su cara presionada en mi pecho, luego la de Tor.

Su aroma era como el afrodisíaco más poderoso. No pude evitar el gemido que escapó de mi boca.

Leah se echó hacia atrás y nos miró con ojos salvajes.

—Los necesito a los dos. Dios, esto es una locura, pero necesito que me toquen.

Tiró de su vestido, pero como los botones los tenía por la espalda, se sintió frustrada.

Tor la agarró por los hombros y la hizo girar para darle la espalda a él. En lugar de soltarlos uno por uno, tiró de ambos lados y los botones volaron, rebotando sobre el piso de madera. Esta vez no tenía dudas.

Tirando de él, le sacó el vestido rápidamente de su cuerpo hasta que estuvo desnuda ante nosotros.

—¿Tienen un plazo de entrenamiento cuando una mujer se aparea en la Tierra?

Ella se dio la vuelta y pude ver sus senos redondos y grandes. Los pezones de color rosa pálido se mantuvieron firmes y se me hizo agua la boca por saborearlos. Más abajo, podía ver el aro que colgaba de su protuberante clítoris.

—¿Plazo de entrenamiento? —Ella estaba jadeando ahora, sus pechos subiendo y bajando mientras lo hacía.

Nos acercamos.

—En Viken, algunos hombres traen a sus parejas a un centro de entrenamiento porque necesita más tiempo para aprender cómo someterse correctamente —le dije—. Por supuesto, es diferente para cada pareja, pero el resultado es el mismo.

Pusimos nuestras manos sobre ella, rodeándola por tres lados, dejándola sin escapatoria. No había escapatoria del centro de entrenamiento, tampoco la dejaríamos fuera de nuestra vista, por lo que era una ventaja tener tres hombres fuertes para vigilarla en vez de solo uno. Una vez que tuviera el poder de la semilla en ella, dudaba que quisiera irse lejos. El solo hecho de separarse de Tor y de mí la ponía frenética.

—¿Resultado?

—Nos vinculamos contigo, formamos una unión de apareamiento —dijo Tor, acariciando la curva de su pecho derecho con sus nudillos. Lev tomó su otro pecho en su gran palma, su pulgar rozaba el pezón.

—¿Vincularse? —Frunció el ceño confundida, pero desapareció rápidamente cuando su excitación se acentuó. Sus pezones eran *muy* sensibles, al parecer. —¿Cuál es la diferencia entre un vínculo y una pareja?

—Te emparejaron con nosotros a través de las pruebas. ¿Cierto?

Ella solo pudo asentir con la cabeza, tenía la boca abierta mientras trataba de recuperar el aliento.

—Gracias al emparejamiento, eres nuestra pareja. Por lo general, es solo con un hombre, así que cuando él se folla a su pareja por primera vez, ellos se vinculan. Su semilla la llena y se produce una reacción química, haciendo que la conexión sea permanente.

Su piel era tan suave, tan tersa, tan pálida y cremosa, era un sorprendente contraste con su cabello rojo fuego.

Mientras que mis hermanos definitivamente la estaban calentando, todavía podía escucharme. —Tienes tres compañeros, por lo tanto, para que podamos crear un vínculo permanente, llamado unión de apareamiento, tenemos que follarte juntos. Al mismo tiempo.

Ella movió la barbilla para poder mirarme. Sus ojos verdes estaban borrosos y llenos de lujuria. —¿Al mismo tiempo? —Susurró ella—. ¿Quieres decir que...

—Yo tomaré tu culo. Es un culo virgen, ¿verdad, Leah? —preguntó Tor. Los hombres del Sector Dos eran conocidos por su interés en follar por el culo y parecía que mi hermano no era la excepción.

—Yo te follaré el coño —agregó Lev.

Puse mi pulgar en su regordete labio inferior y presioné hacia abajo, abriendo su boca para poder ver sus dientes blancos y rectos. Metí dos de mis dedos en la oscura y húmeda caverna. Lamió la punta con su lengua, girándola sobre ellos, luego chupándolos. —Y yo te follaré la boca.

Sacando mis dedos, los pasé por la línea central de su cuerpo y moví su aro de clítoris, haciéndola suspirar.

—¿Ahora? —preguntó ella.

Lev negó con la cabeza lentamente. —Ahora, te castigaré por desobedecerme en el bote.

Tor y yo nos alejamos de Leah, soltándola de nuestro abrazo. Un pequeño sonido, quizás de necesidad, salió de sus labios entreabiertos.

Lev la tomó del codo y la condujo al banco especial. —Esto se usa para reproducirse. Un hombre puede tomar a su pareja, follarla por detrás y llenarla con su semilla. Ella puede descansar cómodamente mientras espera el momento apropiado, con la parte inferior del cuerpo elevada, para que la semilla se asiente en su útero. También se la puede atar si ella se... resiste.

Leah miró fijamente la forma inusual del banco. —¿Eso es todo lo que soy para ustedes? ¿Una máquina de cría?

Lev se inclinó y le besó la frente. —El regente solicitó un emparejamiento a través del programa de novias. Su plan es unificar el planeta con un hijo de los tres. Un hijo que haremos contigo.

—Sí, pero es tan frío.

—Nos reproduciremos por obligación, pero te follaremos por placer —le dije.

Ella alzó la barbilla para poner sus ojos verdes sobre Lev. —¿Entonces por qué no pueden follarme en una cama como lo hacen las personas normales? ¿O es así como se hace aquí?

Lev bajó la cabeza y la besó. Tor y yo vimos cómo ella se

abría para él y sus lenguas se encontraban. Profundo y carnal, el beso continuó hasta que ella se abalanzó sobre Lev, agarrándose de sus antebrazos para mantener el equilibrio.

—Te follaremos en la cama, Leah. Y sobre la mesa, y contra la pared, también.

—Afuera bajo las estrellas —agregué.

—En el baño —agregó Tor.

—En todos lados. Pero este banco... —palmeó el reposa rodillas acolchado— ...es también el banco de nalgadas perfecto para cuando te portas mal. Toma tu castigo como una buena chica y te daremos una recompensa.

Leah dio un paso hacia atrás. —No necesito que me azoten.

—¿Me desobedeciste o no en el bote?

Abrió su boca, sorprendida. —Pensé que estabas bromeando.

—No bromeamos sobre obedecernos, Leah —dije—. Podría haber peligros y, para protegerte, debemos confiar en que nos escucharás y que lo harás sin cuestionarlo. No sabes nada de Viken y debemos protegerte, y castigarte, más estrictamente de lo que lo hubiéramos hecho si hubieras nacido aquí y conocieras nuestras costumbres. Sería demasiado peligroso permitirte cometer errores.

Ella levantó sus manos para mantenernos a raya, claramente olvidando que estaba desnuda. Como si fuéramos a restringir nuestro deseo de tocarla. Como si ella fuera capaz de resistirse. —Está bien. Puedo entender cómo eso sería importante, especialmente porque no *estoy* completamente familiarizada con el planeta. Los escucharé.

Lev me miró y luego a Leah. —Es bueno oír eso.

Tomé a Leah, con un grito de sorpresa de su parte, y la puse con cuidado en el banco. Su torso se asentó contra la larga pieza central, amortiguado con cuero suave como el reposa rodillas, y sus pechos colgaban hermosamente a cada lado. Tenía abrazaderas para agarrarse, pero como esperaba, se sentó. Con una mano en el centro de su espalda, la bajé y le ajusté las correas de cuero alrededor de las muñecas.

—¡Puse mis dedos dentro de mí justo como me dijiste!

Hice una pausa y miré a Lev. Él se encogió de hombros. —No la toqué, sino que disfruté ver sus dedos metidos profundamente dentro de su coño resbaladizo. Pero no me obedeciste de inmediato. Eso es crucial para la supervivencia.

—¡No me gustan las nalgadas! Esto no era parte del plan. —Leah escupió las palabras con una vocecita enojada cuando la até. Incluso intentó patearme cuando volví a mi lugar detrás de ella, admirando su culo mientras esperaba a que Lev comenzara a nalguear su bonito trasero desnudo.

—*Sí* te gusta —dijo Tor, observando.

Leah giró su cabeza y miró con furia a mi hermano. —¿Cómo diablos sabes eso?

—Tu coño ya se está mojando. —Tor se encogió de hombros casualmente, luego acomodó su polla dentro de los límites de sus pantalones—. Te emparejaron con nosotros. Si bien es posible que *pienses* que no te gusta, tal vez en función de la costumbre de la Tierra o, incluso, por experiencia previa, tu cuerpo sabe la verdad y las pruebas lo reconocieron.

—¿Te han azotado alguna vez, Leah? —preguntó Lev.

—¡No! —chilló.

Lev le dio un suave golpe en el culo mientras yo le ataba los tobillos. No estaba de buen humor y me preocupaba que pateara y lastimara a Lev, o incluso a ella misma.

—¡Déjenme levantarme, trogloditas controladores!

Apreté los labios para no sonreír. ¿Qué diablos era un troglodita? Apenas conocía a Lev, pero sabía que no dejaría pasar eso sin una bonita huella de color rosa en su adorable culo.

7

eah

¿Cómo se atreven estos hombres a hacerme esto? Estaba atada a un banco de nalgadas, ¡como en el sueño del centro de procesamiento! ¿Era esta la vida real? Porque era literalmente fuera de este mundo. Me estaban dominando unos trillizos alienígenas. Uno de ellos me azotaría y luego me daría una recompensa. ¿Qué tipo de recompensa? ¿Volvería a meter su enorme polla en mi coño? ¿Me vendarían los ojos y se turnarían? Lev dijo...

Lev golpeó mi trasero con su mano y un destello de dolor punzante corrió por mi sistema. Grité, luego bajé la cabeza cuando el calor se apoderó de mí después de que el ardor se desvaneciera. Calor. Lujuria. Deseo. Dios, estaba tan jodida. Quería que lo hiciera de nuevo.

Sabía que estaba mojada. *Siempre* estaba mojada desde

que conocí a mis parejas. Tan solo la leve palmada que Lev me había dado hizo que mi coño se apretara y que la humedad cayera por mis muslos. ¿Cómo sabía esto con certeza? Uno de los brutos deslizaba la punta de sus dedos por la resbaladiza humedad ahora.

—Tu cuerpo no miente —dijo Lev. Lo escuché lamer sus dedos, pero no pude girar la cabeza lo suficiente como para verlo. De hecho, todo lo que podía hacer era mirar la aburrida pared blanca frente a mí. Eso fue hasta que Tor se paró delante, abrió sus pantalones y sacó su polla.

¡Zas!

¡Ay! Me tensé e intenté alejarme del punzante golpe que Lev había hecho caer sobre mi culo, pero no había forma de que pudiera moverme. El calor de su último golpe envió una chispa de necesidad a mi coño y mi cuerpo comenzó a temblar.

—Eso fue por no obedecerme de inmediato. Habríamos terminado con esto, pero claramente necesitas más.

¡Zas!

—Eso fue por tu rebeldía.

¡Zas!

—Eso fue por negarte esto. Te gusta que te den nalgadas.

—*Me* gusta ver tus rosadas huellas en su suave piel. —Drogan. Él era un bastardo engreído—. ¿Puedo interrumpir, Lev? ¿Solo por un momento?

Lev estuvo de acuerdo y me tensé con anticipación cuando Drogan se arrodilló entre mis piernas.

Tor, directamente frente a mí, agarró la base de su pene y comenzó a acariciarse. No podía hacer nada más que observar cómo el líquido preseminal salía desde la punta y formaba gotas en el aro de metal. Me lamí los labios, ansiosa por probarlo. Estaba ridículamente desesperada por su polla, a pesar de que una parte retorcida de mí creía que debía odiarlos por esto, odiarme por querer más.

Grité cuando Drogan colocó su boca en mi coño. Me lamía y me chupaba, apuñalándome profundamente con su lengua hasta que estaba retorciéndome y moviéndome sobre la mesa. Abrí la boca para gritar y Tor aprovechó esa oportunidad para meter su polla en mi boca un par de pulgadas, lo suficiente como para provocarme con su líquido preseminal. Los químicos de su semilla retumbaron en mi torrente sanguíneo como si fuera lava caliente circulando por mi cuerpo. Con la boca de Drogan chupando intensamente mi clítoris, vi estrellas. Estaba al límite. Necesitaba correrme.

En una especie de acuerdo silencioso, ambos hombres se alejaron de mí, dejándome jadeando. Rogando. Dios, era patética. Me sentía como un animal salvaje, completamente fuera de control. Los necesitaba. Los quería. En mi boca. En mi coño. En mi culo. En todos lados. En donde fuera. Necesitaba…

La enorme mano de Lev acarició mi culo como si estuviera acariciando a su mascota favorita y me presioné contra él, desesperada por el contacto. —Repartirás tu castigo anterior, Leah. Veinte para comenzar. Si eres una buena chica, podría dejarte recibir más.

Lev comenzó a azotarme y con cada vez me quedaba sin aliento por el calor, el hormigueo ardiente que provocaba. —Uno. Dos —contaba mientras mantenía mis ojos en la polla de Tor. Cada golpe duro me movía hacia delante sobre el banco, haciendo que el aro en mi clítoris hiciera contacto con la superficie dura debajo de mí. Gimoteaba con cada golpe; el ardiente calor se extendía a través de mi sistema como fuego líquido.

Cuando llegué al número diecisiete, se liberó algo muy dentro de mí, desatando una tormenta de emociones que no tenía ninguna posibilidad de controlar mientras las lágrimas corrían por mis mejillas. Semanas de miedo y preocupación, nervios y ansiedad del temor a que mi prometido me encontrara salieron de mí con cada doloroso golpe de la dura mano de Lev en mi culo. No se detuvo en los veinte y no quería que lo hiciera.

Rodeada por estos hombres, mi mente racional se apagó y el animal primitivo dentro de mí se hizo cargo. Sabía que estaba a salvo. Totalmente y completamente a salvo, logrando que mis barreras desaparecieran. Estaba fuera de control. Sollozaba. Contaba. Le supliqué que me azotara más fuerte, que me abriera de par en par y me quitara el dolor y el miedo. Aunque estaba a años luz de la Tierra, me había traído mis emociones conmigo, como equipaje no deseado. Gimoteé y les supliqué a mis parejas que me poseyeran, que me follaran, que se quedaran conmigo para siempre.

Cuando llegué a los treinta, el sudor se había apoderado de mi piel y mi trasero palpitaba de calor. Mis pezones estaban tan tensos que dolían y estaba desesperada por que me follaran. Que me llenaran.

Necesitaba correrme. Los necesitaba para que me llenaran.

Los azotes de Lev se convirtieron en suaves caricias, la

más suave caricia, cuando Tor dio un paso hacia mí. —Abre, Leah.

Su polla estaba a unos centímetros de mi boca y no pude hacer nada más que lo que dijo. Tampoco quería hacer otra cosa.

—Buena chica. Ahora saca la lengua. Me voy a correr en ella.

Observé mientras él seguía acariciándose antes de colocar la punta de su polla en mi lengua, presionando el duro aro. Gimió cuando la semilla caliente salió a borbotones para cubrirme el interior de la boca. Podía saborearlo, era salado y caliente. Con un aliento apresurado, dio un paso atrás y luego se arrodilló ante mí.

—Traga.

Lo hice, luego me lamí los labios. En cuestión de segundos, se bombeó una excitación a través de mí con tanta intensidad que estuve a punto de correrme. Cerré los ojos y gemí, me entregué a la sensación. ¿Así se sentía meterse heroína? ¿Pura felicidad?

—Oh, Lev, por favor.

—Por favor, ¿qué? —preguntó desde detrás de mí, su voz oscura y áspera.

—Necesito que me folles.

Luché contra mis ataduras, frenética por poner mis manos sobre una polla. —Por favor. Lo necesito. —Abrí los ojos y comencé a entrar en pánico—. Es demasiado. Lo necesito. ¡Dámelo! —grité.

¿Qué demonios me pasaba? Estaba desesperada. Solo me puse así después de tragar la semilla de Tor. Dios, esta fiebre era causada por el poder de semilla del que hablaban. La idea me aterrorizó por un momento, pero luego recordé la explicación de Lev. Este vínculo tenía el mismo efecto en los hombres. Ellos me necesitaban a mí tanto como yo los necesitaba a ellos.

Pude sentir una mano tirando de mis nalgas ardientes, abriendo mi coño, para que una polla tocara mi entrada y luego se metiera profundamente.

Grité. Eso era lo que necesitaba. Una polla gruesa y caliente. Incluso el olor, almizclado y oscuro, era atractivo.

Metido hasta el fondo, Lev se colocó sobre mí, hundió los dientes en el lugar donde mi cuello se encontraba con mi hombro y sacó su polla, para luego embestirme con todas sus fuerzas. El ángulo en el que estaba posicionada tenía mi culo en alto y su polla se introducía perfectamente, como una espada en una funda. No podía hacer nada más que recibir sus duras estocadas. Ahora que estaba dentro de mí, me calmé y me entregué a ello.

—Me pusiste duro desde que fuiste transportada. No creo que mi polla vaya a bajarse nunca. Maldición, estoy como un chico libidinoso. Voy a correrme.

Los húmedos sonidos de follar llenaron el aire. Tor retiraba mi cabello sudoroso de mi cara y pude ver el deseo allí una vez más.

—¿Necesitas polla, Leah? ¿Necesitas que te llenemos para poner nuestra semilla dentro de ti? No te preocupes, nos ocuparemos de ti. —Levanté la mirada y vi a Drogan quitándose la ropa, liberando su polla, la que estaba lista para su turno.

—Córrete por nosotros, Leah. Córrete ahora. —Fue Lev quien me llevó hasta el límite de la dicha pura con su polla acariciando cada lugar perfecto en lo profundo de

Reclamada por sus parejas

mí y su palma aterrizando con fuerza sobre mi trasero, sobre una nalga y luego la otra, mientras lo hacía.

Cuando se corrió profundamente dentro de mí, con su semilla cubriendo las paredes de mi sexo, me corrí otra vez. Gemí cuando salió de mí, pero no me dejaron con las ganas. Drogan tomó su turno mientras Tor jugaba con mis pechos, tirando de los duros pezones, sincronizando sus fuertes pellizcos con la penetración profunda de Drogan y su polla dura. Drogan llevó una mano a mi clítoris y me llevó con facilidad hacia otro orgasmo mientras que él también se corrió rápidamente y se vació dentro de mí.

Estaba destrozada, exprimida y era incapaz de calmarme. La ansiedad de mi cuerpo por estos hombres todavía estaba allí, seguía rugiendo a través de mi sistema como un incendio forestal a través de la leña seca. Tor me soltó para tomar su lugar detrás de mí, para follarme, y no podía soportar la espera, tener el coño vacío era como una tortura sensual que nunca hubiese imaginado unos días antes.

En lugar de poner su polla dentro de mí de inmediato, Tor se tomó su tiempo para jugar con mi entrada trasera, usando sus dedos para abrirme, para estirarme para un tapón que metió profundamente e instaló dentro de mí. Debería haberme horrorizado ya que nunca me habían metido uno antes y apenas me estremecí ante su inserción. Debería haber dolido o al menos haber sido incómodo. Pero el cálido deslizamiento de una especie de aceite perfumado aseguraba que solo sintiera placer, una lujuria oscura y carnal que aumentaba con cada toque y caricia en este nuevo lugar. Solo cuando sentí que la base acampanada del tapón me separaba las nalgas, con la sensación gruesa abriéndome, fue que Tor me folló.

Su enorme polla me llenó y la sensación de estar demasiado llena me hizo gemir. En lugar de salirse, Tor agarró mis nalgas, todavía adoloridas por las fuertes nalgadas de Lev, y lo apretó lo suficientemente fuerte como para hacer que mi coño se inundara con una nueva humedad. El dolor desencadenó una avalancha de necesidad, lujuria y un recordatorio de que yo les pertenecía. Para siempre.

Tor tiró de mi culo y el sentir que me abrían aún más me llevó a una nebulosa bestial. Mi cuerpo temblaba, completamente fuera de mi control, y no me importaba. Simplemente necesitaba las fuertes estocadas de su polla, las suaves caricias de Drogan por mi espalda y mi cabello enredado en sus manos. Necesitaba la lengua ardiente de Lev jugueteando con mi pezón mientras me metía dos dedos en la boca para poder lamer el sabor de mi propio coño en su piel.

No me dejaron dormir, no dejaron de follarme por Dios sabe cuánto tiempo. Perdí la noción del tiempo. Perdí la noción de todo. Todo lo que sabía era que los hombres eran tan insaciables como yo, sus pollas nunca se bajaban. Incluso con las caderas hacia arriba, su semilla se desbordó; largos riachuelos goteaban sobre mi clítoris y bajaban por mi vientre. Lo último que recordaría era que me llevaron en brazos y me acostaron en una cama suave.

Me desperté en mitad de la noche, abrí los ojos en una

habitación oscura, desorientada. La ventana de mi habitación, generalmente a mi izquierda, ahora estaba a mi derecha. No escuchaba ruido de la calle, ni el zumbido de mi aire acondicionado. Al sentarme, parpadeé, luego el sueño se aclaró lo suficiente como para recordar. Tal vez fue la mano que se movió en mi muslo lo que ayudó a mi cerebro a enfrentar mi nueva realidad.

Estaba en Viken. Estaba en la cama con tres hombres. Debería haberlo notado primero, su olor. Era casi idéntico en los tres, pero pude reconocer que cada uno tenía su propia variación. Lev, oscuro y poderoso; Tor, abierto y seguro de sí mismo; Drogan, salvaje y centrado. Rápidamente me aprendía sus sutiles diferencias en personalidad, incluso en la forma en que follaban. Había pensado que me gustaría solo de una manera, pero cuando cada uno tomó su turno, me corría por todos. Dios, jamás lo había hecho.

Me gustaba llegar al orgasmo solo con tener el rostro de Drogan entre mis muslos. Me había gustado que me azotaran y follaran al mismo tiempo. Me había gustado estar atada. Me había gustado tener un tapón en mi culo. Dios, ¡era toda una puta para estos hombres!

Las cosas que me habían hecho antes de dormirme, probablemente, eran ilegales en varios estados de mi país. Aquí, sin embargo, no parecía nada fuera de lo ordinario. Los Viken habían creado centros especiales para que sus parejas aprendieran sobre tales cosas. La vergüenza me inundó, porque ¿era normal que te ataran a un banco de nalgadas y te castigaran? ¿Era normal que realmente me gustara la sensación punzante y ardiente de mi piel provocada por los fuertes azotes de la mano de Lev? ¿Era normal literalmente desear a tres hombres? ¿Era normal disfrutar que jugaran con mi culo?

Nunca antes me había corrido sin jugar con mi clítoris y temprano me había corrido una y otra vez sin ningún tipo de estímulo ahí. Mi cuerpo, incluso ahora, los ansiaba.

No, solo ansiaba. Mis pechos ardían y mis pezones estaban duros. No tenía que verlos en la oscuridad para saber que estaban como pequeñas montañas tensadas. Llevando mis manos a mis pechos, los apreté y un suave gemido se escapó de mis labios. Al moverme, mi coño se restregó contra las sábanas, moviendo el aro en mi clítoris. Estaba excitada, tan excitada que el calor se metía por mis venas y se extendía por todo mi cuerpo.

Se oyó el crujido de la ropa de cama justo antes de que se encendiera una luz. Era solo un brillo suave, suficiente para ver, pero no lo suficiente como para dañar los ojos. Lo que vi fueron tres hombres, desnudos, rodeándome. La sábana que nos cubría se me había caído. Yo también estaba desnuda, pero solo tenía ojos para los cuerpos macizos de mis parejas.

—¿Leah? —La voz estaba llena de sueño. No miré para ver quién era, porque estaba demasiado necesitada.

—Algo... algo malo me ocurre —susurré.

Los otros hombres se movieron y Drogan se sentó detrás de mí, poniendo su mano en mi hombro. Gemí nuevamente al contacto. —Está caliente al tacto.

Ante su toque, me quejé. Sin pensarlo, me recosté sobre la cama y abrí mis piernas. Debería haberme avergonzado de mi acción lujuriosa, pero estaba demasiado ida como para preocuparme. Al sentarse los hombres para mirarme, agarré la parte de atrás de mis rodillas, tiré de mis piernas hacia atrás y las abrí. —Por favor —les supliqué. Dios, les estaba rogando a estos hombres que me follaran.

Mirando mi cuerpo, pude ver que mi clítoris estaba tan hinchado que su capuchón estaba retraído, el pequeño aro estaba lejos de la sensible punta.

Lev y Tor se miraron el uno al otro. —El poder de las semillas —dijeron al mismo tiempo.

—Me comeré tu coño hasta que te corras nuevamente —murmuró Drogan contra mi cuello—. Tu coño debe estar demasiado adolorido para follar después de lo que hicimos antes.

Debería estar adolorido, muy dolorido, por haber follado con tres hombres, una y otra vez, pero no era así. Aun así, realmente no me importaba. Mi cuerpo me decía que necesitaba polla y que la necesitaba ahora.

—No —respondí. Girando la cabeza, miré a Drogan a los ojos.

—¿No? —repitió—. ¿Te opondrás a nosotros? ¿No aprendiste con los azotes y el tapón de antes?

Negué con la cabeza y me lamí los labios. —Necesito más. Necesito sus pollas. Necesito que me follen. Tu boca en mi coño no es suficiente.

Miré a mis tres hombres que se cernían sobre mí con preocupación, y deseo, en sus rostros.

—Has sucumbido al poder de la semilla, Leah —dijo Tor—. No tenía idea de que fuera tan poderoso.

—Es porque somos tres, no uno —agregó Lev—. Será muy intenso para ella.

—Por favor —supliqué, mi coño goteaba con su

semilla anterior y mi propia excitación. Extendí la mano, deslicé mis dedos sobre mis pliegues y los metí dentro. Si no iban a usar sus pollas, usaría mis dedos. Drogan y Lev tomaron cada uno una de mis rodillas y las abrieron como yo las había sostenido mientras que Tor se acercaba para arrodillarse entre mis muslos. Su polla estaba erecta y lista, pulsando hacia su ombligo.

Él sacó mis dedos de mi coño y puso mi mano en la de Lev, quien la colocó a mi lado. No desajustó su agarre.

Tor comenzó a jugar con el tapón en mi culo, tirando de él, luego presionándolo profundamente hacia dentro. Una y otra vez. Intenté mover las caderas, pero Lev y Drogan me sujetaron.

Moviendo sus caderas, Tor alineó su pene con mi ansiosa entrada y entró mí. Fue un golpe lento y suave que me hizo suspirar y cerrar los ojos.

—Sí —gemí, amando cómo me abría, amando la abrumadora sensación de estar llena. Estaba muy apretada con el tapón en mi culo. —Fóllame. ¡Por favor! Lo necesito.

Sonaba como una puta barata, pero no me importaba. Necesitaba polla y la necesitaba ahora.

—Con gusto, pareja. —Tor comenzó a moverse, follándome en serio mientras sus hermanos me sostenían —. Con gusto.

Tor

. . .

Reclamada por sus parejas

Estábamos en un centro de entrenamiento para novias más complicadas, pero Leah era la menos recalcitrante de las parejas. De hecho, la llamaría ansiosa, voraz o codiciosa. Tener el poder de semilla de tres hombres la hacía insaciable. Mientras que solo la habíamos tomado sobre el banco con una simple azotada y follada, el poder la robó de su sueño y tuvimos que atenderla de nuevo en medio de la noche. El término *atender* incluyó una buena y dura follada de los tres. Leah había insistido en drenarnos las pollas con la boca, pero entonces Drogan insertó un tapón de entrenamiento más grande en su culo. Solo entonces se sintió lo suficientemente saciada como para volverse a dormir. Ahora, al amanecer, todavía estaba durmiendo, pero ninguno de nosotros sabía por cuánto tiempo. No estábamos familiarizados con tener una pareja, ni con estar juntos, en todo caso.

Drogan estaba preparando un desayuno sencillo en el área de preparación de alimentos mientras Lev y yo estábamos sentados en la pequeña mesa junto a la ventana. Algunas parejas rondaban el lugar, el clima era agradable. Los hombres y sus parejas se ocupaban de sus asuntos, tal vez yendo a una choza de entrenamiento específica. Todo estaba disponible aquí, todos los deseos se podían cumplir. Se podía aprender a manejar adecuadamente una fusta o a atar a una novia con cuerdas sin causar daños. Había clases para complacer a una novia con una lengua ansiosa, o aprender a leer su cuerpo durante el juego sexual. En cuanto a las novias, a la novia se le podría enseñar cómo chupar la polla o incluso cómo entrenar su entrada trasera para una buena follada. Lev parecía haber dominado el arte de leer a Leah, sabiendo lo que necesitaba, incluso si ella lo negaba. Yo también estaba aprendiendo esto de ella. Cómo había sabido que necesitaba la liberación de unos fuertes azotes, no estaba seguro, pero sí que lo necesitaba. Se había roto y gritado, y entre lágrimas y nalgadas, había suplicado por más.

Lo que anhelaba hacer era aprender más sobre cómo abrir el culo de Leah. Ella había tomado un tapón más grande en el medio de la noche, ¿pero la estaba estirando lo suficiente para prepararla para mi gran polla? Lev querría aprender nuevas formas de asegurar a Leah con cuerdas o llevarla a un nivel más profundo de sumisión. ¿Drogan? Demonios, estaba obsesionado con el sexo oral, pero parecía tenerlo dominado, eso era lo que indicaban los orgasmos de Leah. Todo lo que necesitábamos aprender para complacer a nuestra nueva novia estaba disponible aquí. Mientras que solo uno de nosotros estuviera con ella a la vez, nadie descubriría nuestro engaño. La única señal externa de nuestras diferencias era la cicatriz de Lev que corría por su ceja, pero con Leah con nosotros, nadie le pondría atención a la cara de Lev.

Sabía que no podría centrarme en mi entorno cuando sus pezones se endurecían justo delante de mis ojos.

—El regente Bard fue asesinado en el ataque de ayer —nos dijo Drogan mientras terminaba de preparar la comida.

Lev hizo una pausa, con su taza de cafeína mañanera a medio camino de sus labios. —¿En Viken Unido?

Asentí. —Escuché las noticias en el este. ¿Lo viste suceder, Drogan?

—Sí. Después de separarnos, me dirigí al oeste. El regente Bard venía del centro de transporte. Estaba con

Gyndar cuando fueron emboscados. —Drogan colocó la comida en cuencos—. Estaba a cierta distancia, pero el regente estaba en el suelo con una flecha negra en su ojo derecho. Gyndar se arrodilló para ayudarlo, pero no podía hacer nada.

—¿Una flecha en su ojo? Eso no fue solo un golpe de suerte —supuse. Nosotros éramos guerreros. Sabíamos lo que era una muerte intencional.

—Lo vi suceder —dijo Drogan, mientras colocaba los cuencos frente a nosotros, para luego ir a buscar el suyo —. El asesino apuntó desde un balcón cercano. Estaba a la espera, como si supiera con precisión dónde iba a estar el regente. El ataque fue preciso y bien ejecutado.

Cogí mi cuchara para revolver la crema proteínica de avenas de la mañana. —Entonces alguien lo quería muerto. ¿El ataque a Viken Unido fue diseñado para matar al regente o para llegar hasta nosotros?

—O hasta Leah —agregó Lev.

Nadie tenía una respuesta.

—Deberíamos permanecer aquí, escondidos, hasta que Leah lleve nuestro hijo —le dije—. Quizás para entonces sabremos más.

—Estoy de acuerdo con el plan del regente —agregó Lev—. Él quería un planeta unificado. Además, solo éramos unos debiluchos riñendo entre sectores. Juntos, podemos gobernar Viken. Le enseñaremos a nuestro hijo a ser un mejor hombre, un mejor líder que nosotros.

Drogan miró a nuestra novia, quien dormía pacíficamente en la cama. —No será seguro para ella hasta que haya sido reclamada oficialmente.

Lev bajó su tazón con el ceño fruncido. —No podemos

vincularnos con ella hasta que esté embarazada. Eso le daría una ventaja en la paternidad del niño a uno de nosotros.

Tragué una cucharada de avena caliente. —Estoy de acuerdo. Pero tan pronto como lleve a nuestro hijo, necesitaremos unirnos con ella de inmediato. Lo que significa que deberíamos enfocarnos más intensamente en su entrenamiento de culo. Ella tomó el tapón que usamos anoche, incluso el más grande, pero para que tengamos la ceremonia oficial de vinculación, tenemos que tomarla al mismo tiempo. Es su culo apretado y virgen lo que retrasa esto.

Drogan estuvo de acuerdo. —Sí, este vínculo es políticamente la mejor manera de mantener a los sectores satisfechos. La mantendrá a salvo, incluso si estamos separados. En una nota más personal, Leah estará más satisfecha, también, si legalmente se une a los hombres que folla. Quizás entonces el poder de la semilla disminuirá un poco para ella. Estaba insaciable, era una necesidad que la estaba llevando a la locura.

—Siendo del Sector Dos, Tor, eres el que más disfruta de una buena follada por el culo

—dijo Lev con una sonrisa.

No pude evitar reír. —¿Y tú no?

Leah

—No veo por qué esto es necesario —le susurré a Tor.

Él me tomó por el codo y me guió a través del exuberante campo entre los diversos edificios. Los hombres las llamaban chozas, pero parecía que mi idea de ese término y la de Viken era muy diferente. No eran chozas como las que había visto en la Tierra. Eran más como cabañas en el bosque. De aspecto rústico y simple en el exterior, pero bien construidas con comodidades modernas como cocinas y baños en el interior. Muchas cosas eran diferentes aquí. Esta era una raza de viajeros interestelares, con naves espaciales y avances tecnológicos con los que no podía soñar... sin embargo, preferían vivir así. Cocinar sus comidas en estufas y bañarse con agua real cuando varias razas tenían dispositivos que los limpiaban sin tocar un solo vello de sus cuerpos.

Habíamos viajado en un bote sencillo desde donde había sido transportada de la Tierra hasta este *lugar*. ¡Un centro de entrenamiento para novias! Un centro de entrenamiento *para follar*. Los hombres dijeron que era para parejas recalcitrantes. Yo no *era* recalcitrante. Renuente, definitivamente. Cabeza dura, absolutamente. Cuando Lev me azotó ayer por no obedecerlo en el bote, me quedé atónita. Impresionada de que realmente hubiera aplicado su *disciplina*. ¡Había dolido!

Pero también me había dado permiso para desahogarme, para dejar de embotellar mi miedo y mi dolor. Me sorprendió que me hubiera azotado, pero mi reacción me sorprendió aún más. Me gustó esa probada de dolor. Me gustaba que me obligaran a liberarme. Debatí durante las últimas horas qué podría hacer para obtener otro *castigo* de manos de Lev en el futuro. Lloré, pateé y grité, y lo dejé salir todo, todo el veneno dentro de mí. Me sentía libre y vacía ahora, sin miedo ni tensión. Estaba extenuada y agotada por la experiencia, pero sabía que quería sentir ese ardor de nuevo. Estaba contando con eso para ayudarme a mantenerme cuerda. Contaba con ellos, mis parejas, para mantenerme cuerda, para hacerme más fuerte y mantenerme a salvo. Me estaba enamorando de ellos, dependía de ellos, confiaba en ellos... y no había nada que pudiera hacer para detenerlo.

Tenía la sensación de que Lev se había portado bien conmigo y que habría más, si así yo lo quería. Más dolor. Más oscuridad desenfrenada dentro de mí. No estaba preparada para enfrentar eso todavía, pero había algo en estos hombres que me hacía pensar en cosas que nunca antes había pensado. También me ponían ridículamente caliente, ansiosa por follar y aceptar necesidades sexuales que nunca me había atrevido a imaginar antes de venir aquí, antes de ser emparejada con tres hombres tan poderosos y dominantes. Eran adictivos, una droga con la que quería vivir.

Lo llamaron poder de semilla, eran los químicos en su semilla que me hacían desearlos. Sonaba absolutamente ridículo, pero la reacción era difícil de negar. Incluso ahora, estaba empapada, con mi coño hinchado y ansioso por las pollas de mis hombres. Me había despertado en medio de la noche rogando por ser follada. Dios, me sonrojé solo al recordar cuán absurdamente me había comportado. Hasta me había encantado que me pusieran el tapón más grande en el culo.

Sí, no era la misma mujer que había dejado la Tierra. Ya no era la hija del concejal conservador de la ciudad.

Era salvaje, bestial y no me importaba. En este momento, no me importaba.

Tor me condujo a través de las chozas, su gran mano envolvía completamente la mía en un gentil abrazo. Llevaba un vestido nuevo, similar al primero que mis parejas habían destruido en su afán por tomarme, pero de un color diferente. El anterior era de un verde rico y vibrante. Este era de un marrón oscuro y terroso que me recordaba el pelaje de un oso. Tor me había vestido para que coincidiera con él. Y mientras caminaba conmigo a lo largo de los bien cuidados senderos del jardín entre las chozas, me contó sobre el costo de crecer sin una familia en el Sector Uno. Me había besado como un hombre a punto de ahogarse, desesperado por respirar, y se había comprometido a nunca dejarme a mí, ni al hijo que intentaban plantar con tanto ahínco en mi vientre. La vehemencia en sus ojos me convenció de que cada palabra iba en serio.

Caminamos en silencio por un rato, pero podía descifrar que algo preocupaba a mis parejas. Lev nunca me diría lo que estaba pasando. Lo sabía. Simplemente esperaría que confiara en él para encargarse de eso. ¿Drogan? Bueno, él me lo diría si le preguntaba, pero ya sabía que elegiría sus palabras cuidadosamente. Era el diplomático, el que mantenía la paz entre ellos y nunca hablaba sin considerar sus palabras. ¿Pero Tor? Tor me diría la verdad.

—¿Qué esta pasando? ¿Por qué nos escondemos aquí en lugar de volver a su capital?

Tor me apretó la mano y me llevó hacia la sombra de un gigantesco tronco de árbol donde nadie podría vernos desde los senderos. Se inclinó, acercándome para susurrarme al oído.

—¿Recuerdas al viejo que conociste ayer, al regente Bard?

Asentí. El anciano parecía sincero y feliz de darme la bienvenida a Viken y a mis parejas.

—Él era el regente de Viken. Era extremadamente poderoso. El líder actual de nuestro gobierno planetario.

—Pensé que ustedes tres eran los gobernantes.

Tor negó con la cabeza, acariciando mi espalda de arriba hacia abajo con un suave contacto que me hacía querer fundirme con él. —Sí. Somos de sangre real por nacimiento, pero nos separaron cuando éramos bebés. Antes de ti, no podíamos ponernos de acuerdo en regresar a Viken Unido y gobernar. Entonces, tenía mucho poder y trabajaba para mantener a Viken involucrado en la Coalición Interestelar. Pero él no era el verdadero gobernante.

—Dijiste *era*.

—Fue asesinado en la emboscada ayer. Por un asesino.

Puse mi mano sobre mi boca, pensando en el viejo amable y honesto. —Oh, por Dios.

—Alguien no estaba contento con los planes del regente.

—Pero ese plan era nosotros, Tor. Él quería que ustedes tres reclamaran el trono. —Tomé su rostro con mi mano, y supe que la ira protectora que estaba sintiendo era lo que hacía temblar mi voz—. Tus hermanos y tú son los verdaderos gobernantes de Viken.

El asintió. —Asesinaron a nuestros padres cuando éramos bebés. Lev, Drogan y yo sobrevivimos y nos dividieron entre los tres sectores para mantener la paz. Fuimos criados por separado. El regente Bard se salió con la suya. La paz se mantuvo desde ese día hasta ahora, pero ha sido débil durante casi treinta años.

Pasé el dedo pulgar por su pómulo y lo miré a los ojos, sintiendo una conexión profunda con su alma. Él me había dicho el día anterior sobre el asesinato de sus padres, pero aún así...

—No entiendo. ¿Quieres decir que apenas se conocen? —Cuando volvió a asentir, sentí una punzada de tristeza por ellos—. No tengo hermanos, pero odiaría saber que me arrancaron de la única familia que tenía para obtener beneficios políticos.

Él se inclinó y colocó un beso casto en mis labios, incluso cuando las grandes manos que masajeaban mi trasero no eran nada inocentes. —Es por eso que eres invaluable. Una mujer emparejada con nosotros tres. Reproducida con los tres. Dándonos un niño hecho por los tres. El niño será el próximo gobernante de un planeta unido.

—Pero si mataron al regente, ¿no tratarán de matarlos a ustedes también? —pregunté, con los ojos muy abiertos. Si alguien quería tomar el planeta, conocía a tres hombres muy sexys que se interpondrían en su camino.

Él se encogió levemente de hombros. —Quizás, pero creemos que el peligro real puede ser para ti. *Tú* eres la que dará a luz al único verdadero heredero. Solo tenemos que follarte y llenarte con nuestra semilla. Tú serás la madre gobernante. Tu hijo será heredero del trono de Viken.

Miré a mi alrededor, pensando que hombres con arcos

y flechas podrían aparecer y atacarnos. —¿Estamos seguros aquí?

Puso sus grandes manos sobre mis hombros, inclinándose hacia abajo para obligarme a mirar sus ojos oscuros. —Nunca dejaremos que te pase nada. Debes confiar en tus parejas en eso. Solo uno de nosotros estará contigo mientras permanezcamos escondidos aquí, los otros dos permanecerán fuera de vista, por lo que parece que somos solo una pareja Viken más recién emparejada.

—¿No los reconocerán?

Tor sonrió. —No. Nuestro planeta no transmite imágenes como otros. Aquí, todo es administrado por una estricta jerarquía, las órdenes y las leyes se transmiten desde los miembros de más alto rango hasta el agricultor y soldado común. Dudo que nadie haya visto a nadie más que a los líderes locales.

Miré hacia la vívida hierba verde. —Bueno. Pero cuando desperté, los escuché hablar esta mañana. ¿Qué tiene esto que ver con entrenar mi culo?

Él sonrió. Lo vi por el rabillo del ojo. —Hay una ceremonia que hará que nuestra unión sea permanente y jurídicamente vinculante. Nuestro poder de semilla todavía te llamará y a nosotros, pero después de que nos unamos, ya no dominará nuestros cuerpos con tanta fuerza.

—¿Quieres decir que voy a ser capaz de pensar en algo más que follar?

—Espero que no. —Su sonrisa demasiado sexy no mostraba vergüenza—. Pero sin la ceremonia de unión, nos anhelarías toda tu vida. El deseo puede ser bastante severo y se sabe que enloquece a las mujeres sin pareja.

—¿Quieres decir que siempre estaré tan... desesperada? —No me gustaba mucho la idea. Me gustaba excitarme, pero esto... esto era demasiado.

—No si te vinculas con nosotros. Con los tres. Después de reclamarte, todavía sentirás el poder de la semilla, pero será mucho más moderado.

No necesitaba que me dijeran más. El poder de las semillas actualmente me llevaba al límite de mi control. Mi cuerpo anhelaba que lo llenaran, que lo tocaran. Anhelaba el contacto de mis hombres. Lo necesitaba. La idea de poder volver a pensar, volver a caminar sin que el roce de mi propia ropa sobre la piel sensible me distrajera era irresistible. —Muy bien. Me vincularé a ustedes. —Sentía que me ardían las mejillas y supe que un rosa oscuro invadía mi rostro—. A los tres.

—Para establecer un vínculo con nosotros, tendrás que follarnos a los tres al mismo tiempo. Yo tomaré tu culo; Lev, tu coño y Drogan te follará la boca. Solo entonces nuestro pueblo reconocerá el vínculo.

La idea de servirle a los tres hombres a la vez, que me presionaran entre ellos, sentir y probar sus pollas al mismo tiempo, me hizo gemir. Tor se rio y me regresó al sendero. —Es por eso que debes entrenar. No deseo lastimarte. Yo soy grande y tu culo es apretado. —Nos detuvimos frente a una choza.

—Tuve un tapón dentro de mí toda la noche —señalé.

Al abrirme la puerta, Tor continuó. —Sí, pero los tapones que has aceptado en ese pequeño culito dulce eran más pequeños que mi polla. Pasaremos la próxima hora haciendo que ese agujero virgen esté bien abierto y estirado, listo para mí. Pero esto tiene un desafío, Leah.

Incliné la cabeza. ¿Solo un desafío? Parecía que todo lo relacionado con mi llegada a Viken era un desafío.

—Este es un centro para parejas recalcitrantes. Esto significa que los entrenadores esperan un poco más de disciplina, un poco más de sumisión.

—¿Quieres que te resista? —Me lamí los labios—. Eso puede ser una imposibilidad basada en mis... ansias.

Sonrió y sus ojos se oscurecieron. —Me encanta que seas voraz para nosotros. ¿Qué tal esto? Finge resistencia. Imagina que eres una chica mala. —Pasó su dedo por mi mejilla, metiendo mi cabello detrás de mi oreja—. ¿Puedes ser traviesa conmigo?

—¿Significa que voy a recibir nalgadas de nuevo?

Chasqueó la lengua. —Las chicas traviesas no deberían estar tan ansiosas por unas nalgadas. Recibirás azotes y algo bastante grande metido en ese culo virgen. —Se inclinó y susurró: —Asegúrate de resistirte.

Sabía lo que eso significaba y mi coño también, porque mis jugos bajaron por mis muslos con anticipación cuando Tor abrió la puerta. Con una mano en mi espalda, me condujo adentro. Una vez que pasé por la puerta, me detuve y dejé escapar un suspiro. Quizás resistirme no iba a ser tan difícil como imaginaba. Aceptar mi necesidad por mis parejas no era lo mismo que aceptar lo que estaba frente a mí.

La choza de una sola habitación era únicamente para el entrenamiento del culo. Comencé a reírme por lo loco que eso era, no podía imaginarme algo así en la Tierra, pero reprimí mi risa con mi mano. Una mujer estaba tendida de espaldas sobre una estera suave. Las correas, conectadas con ganchos a la pared detrás de ella, estaban atadas alrededor de sus rodillas para tirar sus piernas hacia atrás y abrirlas, su parte inferior estaba levantada del suelo. Su coño estaba completamente exhibido para su pareja, quien se arrodilló entre sus piernas abiertas. Como esta era la sala de entrenamiento, él no la estaba follando. Bueno, no la estaba follando con su polla. Estaba usando un consolador muy grande, no en su coño, sino en su entrada trasera. Ella tenía los ojos cerrados y jadeaba, con la piel cubierta de sudor. Su pareja se acercó más, metiendo dos dedos grandes dentro y fuera de su coño mojado mientras el consolador le sondeaba el culo. Bajó la boca para chupar su clítoris, lo suficientemente fuerte como para que yo pudiera ver su suave y rosada piel al levantarse y alejarse de su cuerpo. Ella arqueó su espalda y gimió con un sonido que yo conocía demasiado bien, porque yo misma había hecho ese sonido apenas anoche, mientras les pedía a mis parejas que me follaran. La mujer estaba cerca, tan cerca de encontrar su liberación. Me tensé y cerré mis piernas, apretando el vacío que sentía al verla estremecerse, todo su cuerpo tembló mientras él la llevaba al borde del orgasmo antes de retirar sus dedos y su boca para continuar follándola con el consolador en el culo.

Su coño estaba resbaladizo y goteaba, pude ver cómo sus músculos se tensaban y se relajaban mientras lo recibía. La follaba. La poseía.

La mujer gritó su liberación y me mordí el labio para evitar gritar con ella. No me di cuenta de que apretaba la mano de Tor con una fuerza mortal hasta que él me apretó la mía y se inclinó para susurrar en mi oído: —Tú eres la siguiente, pareja.

—Buenos días. —Giré al escuchar el saludo. El hombre Viken que nos habló usaba ropa sencilla, pero su camisa tenía un emblema en el pecho que significaba que era un entrenador del centro—. Este par recién emparejado acaba de terminar su sesión.

Su comentario fue oportuno, porque el segundo profundo gemido de placer de la mujer llenó la habitación. Tor sonrió y el entrenador fue lo suficientemente profesional como para mantener una expresión plácida.

—Para cuando tenga a su pareja instalada en el banco de entrenamiento, la otra pareja se habrá ido.

Tor asintió, luego me miró. —Desnúdate, por favor.

Miré a Tor con cautela, luego al banco donde sabía que mi culo estaría levantado y expuesto para recibir su entrenamiento. Me emocioné y me aterroricé al mismo tiempo. Que uno de los hombres jugara con mi culo mientras todos nos tocábamos, besábamos y follábamos en privado era excitante. Pero de esto, no estaba tan segura.

—Ven, amor. Hemos hablado de esto. Mi polla es tan gruesa como tu muñeca, pero *entrará* en tu culo virgen.

—Pero...

—Tienes una opción.

Me alegré ante la posibilidad. —Puedes pasar al banco y puedo ponerte un tapón de entrenamiento y hacerte gritar tu liberación, o puedes pasar al banco y, una vez que tengas un grande y lindo tapón en el culo, recibirás unos azotes antes de dejarte correrte.

—No lo dices en serio.

—Habrá azotes entonces.

Abrí la boca en sorpresa y Tor arqueó una ceja. —Puedes ir ahora y recibir solo un azote en tu trasero desnudo, Leah, o puedes pelear y te golpearé en los muslos y te negaré la liberación.

El entrenador asintió aprobando mi expresión de sorpresa, pero sabía que Tor decía cada palabra en serio. Me sacudí como una hoja, sonrojándome de un rosa brillante mientras el entrenador me observaba con intenso interés, inspeccionando cada centímetro de piel mientras aflojaba el vestido y lo dejaba caer de mis pechos y caderas desnudos para arremolinarse en el piso a mis pies. Una vez desnuda, me encontré con la mirada de Tor con tanta ira como podía soportar y caminé hacia el banco.

—Buena chica, Leah —murmuró Tor, y por mucho que quería enojarme ante toda esta situación, su elogio se esparció a través de mí, haciendo que mi corazón se derritiera y mi coño se mojara. Yo quería que fuera feliz. Yo quería complacerlo.

—Ella será una excelente sumisa con un poco de entrenamiento. Es un hombre afortunado. —Oí al entrenador detrás de mí y lo miré con desprecio, sabiendo que podría ver todo, que vería todo lo que Tor me haría. Eso no me hacía feliz. No me gustó la forma en que su mirada se oscureció con interés mientras inspeccionaba mis pechos, o la forma en que su mirada bajaba para detenerse en la humedad entre mis piernas.

Él no era importante. No se había ganado el derecho de mirarme. Su placer no me importaba. Él no era nada para mí.

Con mi creciente ira, mi coño se tensó y sentí que mi

deseo se desvanecía. Yo no era el juguete de este anciano. No le pertenecía.

—Los ojos sobre mí, Leah —me regañó Tor y desvié mi mirada del entrenador anciano para mirar a mi compañero. La lujuria oscurecía sus ojos mientras me miraba, sin tratar de ocultar la forma en que mi cuerpo lo complacía. —No hay nadie más aquí. ¿Entiendes? Solo escucharás mi voz. Solo sentirás mi contacto. Esto me complacerá. Eres hermosa y quiero que él te vea sufrir gracias a mí. Quiero que él te vea correrte gracias a mí y que me envidie por tener una pareja tan hermosa. —Se acercó y levantó mi rostro con una mano, atrayéndome hacia su fuerte cuerpo con su otra mano sobre mi trasero—. Quiero que se ponga duro al verte. Lo quiero desesperado, sabiendo que eres mía, sabiendo que nunca puede tocar lo que es mío. Provócalo con tu belleza, Leah.

Ah, sí. Esto sí podía hacerlo, hacer de mi pareja un dios a los ojos del anciano. Con una condición. —¿No dejarás que me toque? No quiero que nadie más me toque. Solo tú. —Lo decía con toda la intención y lo sabía, pero no me importaba. Mis parejas podían abrazarme, tocarme, poseerme. Pero nadie más. No confiaba en nadie más, no quería a nadie más.

—Créeme. No comparto. —Tranquilizada por sus palabras, asentí levemente y le permití que me guiara al banco, con la parte delantera de mis muslos y las caderas inferiores presionadas hacia adelante. La firme mano de Tor sobre mi espalda me empujó hacia la mesa acolchada frente a mí y me dejé ir voluntariamente, mi coño ya estaba mojado mientras recordaba lo que acababa de presenciar en la mesa de al lado. La mujer que había gritado su liberación ahora estaba envuelta en una especia de manta suave y acurrucada, descansando feliz sobre el enorme pecho de su pareja mientras esta la sacaba de la choza, dejándonos a Tor y a mí a solas con el entrenador.

—¿Su pareja necesitará ataduras? —preguntó el entrenador.

Miré la pared frente a mí. Estaba cubierta de ganchos, de los cuales colgaban tapones de diferentes tamaños y formas. Tragué saliva, preguntándome cuál escogería Tor.

Tor fue a la pared y seleccionó un tapón pequeño, algo similar en tamaño a uno de sus dedos, y luego uno mucho más grande. Vaya, ese era *grande*, con bultos y una especie de interruptor de control... ¿acaso vibraba?

—Leah será una buena chica y recibirá este tapón... —le mostró el pequeño al entrenador— ...sin pelear, o la amarraré y usaré este con ella. —Levantó el tapón monstruoso.

La advertencia era real y era mi elección.

—Aquí está su frasco de pomada. ¿Tiene suficiente en su choza?

—Sí, gracias. —Tor lo colocó en una pequeña mesa donde podía verlo y lo observé mientras cubría el pequeño tapón con la sustancia resbaladiza. Después, metió dos dedos en el tarro y se dirigió a mi parte trasera.

—Respira, Leah.

La fría entrada de sus dedos en mi agujero trasero me hizo chillar de sorpresa, pero no me moví de mi posición.

—Nunca hay demasiada pomada —comentó el entrenador.

Mis mejillas se sonrojaron, ya que el entrenador continuó con sus comentarios mientras Tor trabajaba en mi entrada trasera, abriéndome lentamente para permitir que su dedo se metiera. Jadeé después que pasó el dolor inicial y comencé a frotarme contra el dígito, ya que la sensación que la simple punta de su dedo me provocó me excitó al instante. Justo cuando comenzaba a disfrutar realmente de la plenitud, la leve invasión, lo sacó.

Hice notar mi decepción, pero no duró mucho. Presionó la dura punta del pequeño tapón contra mí y este entró sin mucho esfuerzo. Suspiré al sentirlo dentro y moví mis caderas para ajustarme, pero no era doloroso. Incómodo, sin duda, pero no era peor que lo que mis parejas habían usado la noche anterior.

Tor se acercó y se puso en cuclillas frente a mí para que su rostro estuviera en línea con el mío. Apartando mi cabello de mi cara, se encontró con mis ojos. —Buena chica. —Sonrió y no pude evitar devolverle la sonrisa—. Sin embargo, eso fue demasiado fácil. Después de todo, te estoy entrenando.

No tuve tiempo de cuestionar sus palabras, porque él regresó a su lugar detrás de mí.

Supuse que me iba a quitar el tapón, pero en cambio, sentí que el otro, el tapón mucho más grande, presionaba la entrada de mi coño mojado. Mis piernas temblaron y tuve que hundir mi frente en la mesa, agarrándome desesperadamente de los bordes mientras bombeaba suavemente, metiendo y sacando el gran consolador de mi centro húmedo lentamente, muy lentamente. Dentro. Fuera. La presión adicional del tapón en mi trasero hizo que el segundo en mi coño se sintiera increíblemente grande. Estaba llena. Muy llena.

Tor lo usó en mí, follándome hasta estar cubierta de

sudor, desesperada por correrme.

—Está muy mojada —comentó el entrenador—. Debería estar muy satisfecho. Para algunas parejas es difícil excitarse durante una sesión de entrenamiento de culo.

Tor tomó ambos tapones y comenzó a follarme con ellos, alternando cuando uno se metía profundamente, el otro lo sacaba casi por completo. Sabía que estaba imitando cómo sería cuando tuviera dos de las pollas de mis hombres llenándome, pero el entrenador no sabía esto. La voz del anciano sonaba débil, como si no pudiera recuperar el aliento.

—Debería follar su coño con el tapón en su culo. Esto hará que su agarre en la polla sea inusualmente apretado. Esta será una excelente práctica para su pareja y será una experiencia muy placentera para usted también.

Tor no respondió con palabras, pero sí me folló más rápido con los tapones y gemí ante la sensación, ignorando el balbuceo del otro hombre acerca de las técnicas de entrenamiento. Él no me interesaba. Reduje mi concentración al sonido de los murmullos de aprobación de Tor mientras jugaba con mi cuerpo, al deslizamiento mojado de los tapones mientras me llenaba con ellos.

Me mordí el labio, temblando y al límite cuando los metió ambos profundamente... y se detuvo.

—Es hora de tus nalgadas, chica traviesa.

De haber creído que ayudaría, habría suplicado, pero sabía que las palabras estarían desperdiciadas. Especialmente porque me prometió las nalgadas delante del entrenador.

Su mano aterrizó en mi trasero desnudo y apreté mis nalgas cuando el agudo dolor me sobresaltó, haciendo que mi coño y mi culo apretaran los tapones.

Por Dios. Más. Yo quería más.

No contuve mis gritos mientras él continuaba golpeando mi trasero desnudo una y otra vez, el fuego se extendía a través de mí con cada ardiente golpe, con cada dulce ardor. Conté, porque tenía que hacerlo, los números en mi mente, eso era lo único que me mantenía cuerda mientras el fuego y la lujuria abrumaban mis sentidos.

Las lágrimas corrieron por mis mejillas para caer sobre la mesa debajo de mí, pero ni siquiera intenté detenerlas. Eran la única liberación que tenía ahora. —¡Por favor!

—¿Quieres correrte?

—Sí. Por favor. ¡Por favor! —Grité mi petición desde mi garganta mientras él cambiaba su posición detrás de mí y sacaba los dos tapones casi por completo de mi cuerpo. Los mantuvo allí, con sus puntas apenas dentro de mí mientras esperaba a que me rompiera.

—¿Qué quieres, Leah?

Ya no podía hablar, simplemente empujé mis caderas hacia él, tratando de volver a meter los tapones dentro de mí. Solo me dio uno, mis gritos de frustración fueron muy reales mientras me llenaba el culo, pero dejaba mi coño vacío.

—Si nos permite algo de privacidad, me gustaría follar a mi pareja ahora, tal como lo sugirió.

—Por supuesto —murmuró el hombre—. Por la forma en que responde su pareja, obviamente mi ayuda no es necesaria.

Tor continuó jugando con mi culo hasta que la puerta se cerró. Ante el sonido, se detuvo y se inclinó sobre mí, cubriendo mi culo y espalda con su fuerte cuerpo. Me quedé pegada a la mesa, mi cuerpo ardiendo mientras me cubría. —Deberías haberlo visto, Leah. Eres tan hermosa, tan ardiente, tu coño está tan húmedo para mí. —Pasó su mano por mi nalga ardiente para tomar mi coño ahora vacío y gimoteé—. Estoy tan orgulloso de ti. Todos los hombres del universo te querrán, Leah, querrán esto. —Metió dos dedos dentro de mi coño—. Te querrán a ti.

El deslizamiento íntimo de sus dedos por mi centro mojado fue como una descarga eléctrica para mi sistema. Mi cuerpo se sacudió debajo de él, completamente fuera de mi control. Solo podía agarrar el borde de la mesa y luchar para poder respirar.

Tor se levantó y retrocedió, dejando mi coño ansioso y vacío una vez más. No me moví, simplemente esperé, sabiendo que no podría correrme hasta que él decidiera dejarme. Casi lloro de alivio cuando escuché sus pantalones caer sobre el suelo duro. Segundos después, la punta caliente de su polla tocaba mi entrada. —Voy a follarte, ahora. Duro.

—¡Sí! —Se metió profundamente y grité.

—Creo que te gusta tener el culo lleno. —Arremetió contra mí.

—¡Sí! —repetí. La sensación de tener su polla grande y el tapón dentro de mí era tan apretada, tan ceñida. *Tan duro. Tan grande.*

Su líquido preseminal cubría mis entrañas con cada estocada de su enorme polla y estaba perdida, salvaje. Podría haber metido ese tapón de gran tamaño en mi entrada trasera y me hubiera encantado. Mi pareja, esta conexión, estaba achicharrando mi cerebro.

—Lo necesito, Tor. Por favor —supliqué.

—¿Quieres algo más grande en tu culo mientras te follo?

—¡Sí! —chillé.

Se apartó de mí y se dirigió hacia la pared, sin preocuparse de que su polla sobresaliera resbaladiza y brillante con mi excitación. Encontró uno y lo alzó. Tragué saliva, luego apreté el pequeño tapón. Gemí al ver a Tor recubrir su reemplazo con una generosa cantidad de pomada.

Cuidadosamente, sacó el tapón más pequeño de mí y lo reemplazó por el otro, el que era abultado y rugoso. Al empujarlo dentro de mí hasta la primera rugosidad, metió su pene también, pero solo una pulgada. Cuando metió la segunda cresta en mí, metió otra pulgada. Me llenó el culo y el coño, una pulgada lenta y gruesa a la vez. Cuando la base del tapón golpeó mi trasero y la cabeza roma de su polla rozó mi cuello uterino, me hice añicos.

Mi cuerpo sujetó ambas vergas gruesas, empujándolas más profundamente dentro de mí. Seguramente Lev y Drogan podían oírme desde el otro lado del centro.

Tor me folló entonces, duro y rápido, y me corrí una y otra vez, tan excitada, tan necesitada que no podía parar. Cada orgasmo me elevaba más y más en una espiral de necesidad que me hacía arañar esa mesa y suplicar por más, mi voz se volvió ronca de tanto pedir más.

—Sí, pareja. Me estás apretando tan fuerte, Leah, no puedo contenerme. Voy a correrme.

Lo hizo entonces, su semilla caliente salía de mí,

cubriendo mis entrañas con su semilla especial, desencadenando otro orgasmo más. Luché por recuperar el aliento y no pude hacer nada más que descansar, saciada y débil. Mi mente estaba cansada y letárgica cuando Tor salió de mí; un chorro caliente de su semilla lo siguió, chorreando hacia abajo para cubrir el interior de mis muslos.

Tor acarició mi culo con su mano y no protesté cuando colocó el tapón más pequeño dentro de mi coño. No peleé ni lo discutí. Yo era de él. Completamente.

Tor recogió mi vestido olvidado y me ayudó a ponerme de pie sobre mis piernas temblorosas, manteniendo una mano sobre mí para estabilizarme mientras me ayudaba a colocar la tela sobre mi cuerpo una vez más.

—¿No vas a sacar los tapones? —le pregunté mientras abría la puerta para mí, la brillante luz del sol me lastimaba los ojos después de estar en los frescos confines de la choza.

Tor negó con la cabeza. —Estás entrenando, Leah. Además, creo que a Drogan y Lev les gustaría ver lo que has hecho.

La idea de levantar mis faldas y mostrarles a los otros hombres cómo estaba llena me hizo correrme. Suspiré y cerré mis ojos cuando la suave ola de placer me inundó. Una vez que terminó, miré a Tor. Él me estaba mirando, con los ojos muy abiertos.

—El poder de las semillas es realmente impresionante. Debemos apresurarnos, estoy duro otra vez y estoy seguro de que los demás también te necesitan.

8

 *rogan*

No necesitaba ver a Leah desnuda y atada al banco de reproducción para querer vaciar mi semilla dentro de ella. Me endurecí al verla caminar con rigidez después de su sesión con Tor. Sabía que debía tener un tapón muy grande llenando su culo y no pude resistir la sonrisa que se extendió por mi cara o el engrosamiento y el alargamiento de mi polla. Saber que estaba tan ansiosa, tan dispuesta y obediente para satisfacer nuestras necesidades me puso duro como una roca y ansioso por follarla de nuevo.

Demonios, saber que estaba a poca distancia era lo único que nos impedía a Lev y a mí correr hacia ella para aliviar el fuerte llamado del poder de las semillas. Pero teníamos que permanecer ocultos, para permitir que cualquiera que nos viera en las chozas pensara que Leah era solo otra mujer Viken con su nueva pareja. En nuestra propia choza, sin embargo, con las persianas de privacidad bajadas, podríamos hacer con ella lo que quisiéramos.

Pasamos la semana follándola en todas partes menos en el banco de nalgadas. Solo usamos ese aparato para meter un tapón consistentemente más grande en su culo o para que Lev la azotara… solo porque sí. Al final de la semana, los tres estábamos seguros de poder tomarla juntos sin lastimarla, incluso con la excitación adicional que proporcionaba la semilla. No se trataba solo de reproducirse con ella, aunque llenarla de semillas no era una dificultad.

Cada vez que uno de nosotros se la llevaba de nuestra choza, le recordábamos su necesidad de ser nuestra chica traviesa. Ella se deleitaba con esto, lo que obligaba a Tor a azotar su trasero desnudo en el área principal, donde cualquier persona que pasara podría presenciarlo. Había llevado a Leah a ver a un mentor en sexo oral. Estaba bastante seguro, al igual que Leah, de que podía responder a mi boca sobre su coño, pero necesitábamos mantener la fachada.

Si bien ella había disfrutado mi lengua torturándola durante toda la hora, no había fingido cuando le dije que estaría atada y abierta para mí, y que cada una de sus reacciones sería monitoreada por el mentor. Cuando le até una rodilla, luego la otra, ella se resistió, exigiéndome que la azotara antes de que pudiéramos siquiera comenzar. El hecho de que se corriera solo con los azotes aumentaba su humillación. Pero la recompensé completamente con mi lengua y mis dedos;

el mentor elogió la capacidad de mi pareja para someterse.

Saber que ella disfrutaba de nuestra dominación hizo que Lev la atara a la cama o a la mesa ocasionalmente para calmar sus necesidades. Lo que sea que quisiera, lo que sea que su cuerpo ansiara, se lo dábamos. Empujamos sus límites sexuales y la complacimos hasta el cansancio todas las noches.

—Ha pasado una semana, Leah, y lo hemos retrasado tanto como pudimos.

Nos paramos sobre la cama donde yacía, resplandeciente con su cabello rojo y nada más cubriendo sus curvas. Ella se sentó, sin sentir vergüenza por su cuerpo.

—¿Oh?

—Un médico debe examinarte. Al llegar, todas las parejas nuevas son examinadas en busca de cualquier signo de problemas físicos, pero lo retrasamos por ti.

—Tus senos están diferentes —dijo Tor.

Leah se miró a sí misma. Yo también podía ver el cambio.

—Sus pezones están más grandes —comentó Lev.

Nos movimos como uno solo para sentarnos en la cama, rodeándola.

Efectivamente, sus pezones eran de un color rosa brillante y los círculos normalmente pequeños eran más grandes. No se volvían pequeñas gemas apretadas como era normal, sino que permanecían hinchados y llenos.

—Todo está más grande. —Lev tomó un pecho en su palma y me miró. Yo tomé el otro y efectivamente, estaba más pesado. Más lleno.

Leah cerróo sus ojos mientras jugábamos.

—Ahora tenemos motivos para ver al médico.

Ella abrió sus ojos. —No necesito ver a un médico solo porque mis senos están más grandes. Es solo el síndrome premenstrual.

—Más grandes... y más sensibles —comentó Lev, pasando el pulgar sobre el pezón, ignorándome por completo.

Cada uno comentó los cambios que veíamos y sentíamos.

—Nuestra semilla ha echado raíces —asumí.

El orgullo y una excitación muy embriagadora corrió por mis venas. Ciertamente la habíamos follado lo suficiente. Me sentí viril y poderoso ante los primeros signos de su embarazo.

Ella sacudió su cabeza. —Es muy pronto. Como dije, estoy segura de que es solo síndrome premenstrual.

—No sé lo que es este síndrome premenstrual. Si es algo malo, deberías habernos hablado de ello antes —le dije. ¿Se había sentido mal todo este tiempo y no lo sabíamos?

—No es algo malo. Solo significa que voy a tener mi...

Su cara y cuello cambiaron a un delicioso tono rosado. Incluso después de todo lo que le habíamos hecho, todas las formas en que habíamos reclamado su cuerpo, todavía podía avergonzarse.

—¿Tus ciclos? —preguntó Tor.

Tres rostros muy concentrados y ligeramente preocupados miraron a nuestra pareja mientras ella asentía.

Reclamada por sus parejas

—No es eso —le dije, seguro de que estaba cargando a nuestro hijo.

—Es demasiado pronto para estar embarazada. Se necesitan al menos dos semanas para saberlo —insistió.

—En cuanto a demasiado pronto, eso podría ser cierto en la Tierra, tal vez. —Pasé mi mano sobre su vientre aún plano y pensé en cómo pronto estaría redondo—. En Viken, son cuatro meses desde la reproducción hasta el nacimiento.

Sus ojos se abrieron de par en par. —¿Cuatro meses? —Ella colocó su mano sobre la mía.

—Eso significa...

—Eso significa que debemos ir al médico.

Leah

—Lo has hecho muy bien, Leah, al permitir que los mentores crean que te estás resistiendo. A pesar de cómo lucen las cosas, todos son bastante... indulgentes, ya que quieren que cada novia de Viken esté completamente satisfecha.

Satisfecha no era la palabra que utilizaría para describir cómo mis hombres me habían dado placer. Abrumada. Dominada. Protegida. Querida. Amada...

—El examen físico, sin embargo, es... diferente. —Drogan me miraba mientras me conducía hacia la choza médica. Era más grande que las demás y estaba metida entre los árboles.

—¿Diferente? —La aprensión me hizo ralentizar mis pasos, pero la mano de Drogan sobre mi codo me mantuvo avanzando.

—Analizaran y probaran tu cuerpo por completo. Los médicos y mentores deben asegurarse de que cualquier problema entre nosotros sea causado por limitaciones mentales, problemas de confianza y no por enfermedades físicas. Pueden aceptar que una nueva novia tema a su pareja o no esté acostumbrada a follar, pero no aceptarán un emparejamiento mal hecho o un problema médico no diagnosticado. Recuerda, ellos me están probando a mí tanto como a ti.

—¿Qué quieres decir? —pregunté al detenernos frente a la puerta.

—Una pareja debe guiar a su novia. Si no te complazco, si no te aprecio, me preocupo por ti y me gano tu confianza total, entonces es mi culpa.

Drogan levantó mi barbilla. —El examen médico es crítico. Estaremos bajo escrutinio. Te empujaran, te pincharán y te probaran. Aquí, no creo que vayas a fingir tu resistencia.

Con esa nota ominosa, abrió la puerta y me condujo adentro, el temor frenaba mis pasos mientras nos adentrábamos al lugar. Lo único que me impedía salir corriendo era saber que mis parejas no me pondrían en peligro a propósito.

Si bien ninguna otra pareja había estado en las diversas chozas de entrenamiento que habíamos visitado durante toda la semana, el centro médico era definitivamente diferente. Me congelé justo al pasar la puerta de la habitación grande, con la boca abierta. En una esquina, una mujer estaba de pie con su vestido sujeto por la parte posterior, exponiendo su trasero desnudo. Estaba moteado de rojo por unos azotes evidentes, pero también tenía rayas horizontales que cruzaban la piel obviamente tierna. La habían azotado no solo con una mano sino con un cinturón o bastón o… algo. Tenía las manos levantadas detrás de la cabeza y, con los codos hacia afuera, tuvo que inclinarse para tocar su nariz contra la pared. Esto, por supuesto, empujó su trasero castigado a la habitación.

Un hombre que probablemente era su pareja, junto con otro en uniforme, estaba parado cerca y hablaba de su desobediencia y un plan de varios días para entrenarla. Me sonrojé por cómo hablaban de ella como si ella fuera un… objeto.

—Bien, Alma, bien.

La voz me hizo volver la cabeza. Una mujer estaba de rodillas chupando la polla de un hombre, la cual colgaba de la parte delantera de sus pantalones.

—Mantén la cabeza quieta. Voy a follar tu cara como quiero. —El hombre tomó la parte posterior de su cabeza con su mano y mantuvo a la mujer quieta, con la boca extendida alrededor de su gruesa polla.

—Dijiste que estabas preocupado por su reflejo nauseoso. —Un hombre en uniforme se mantuvo perpendicular a la pareja y los observaba con desapego—. Muéstrame.

El hombre empujó sus caderas, metiendo su pene casi por completo en la boca de la mujer. Ella alzó las manos y trató de alejarse de los muslos de su pareja, con los ojos muy abiertos. Él se mantuvo quieto por un segundo, luego retrocedió, pero no salió por completo de su boca. La mujer respiró hondo por la nariz y se relajó.

—Sí, ya veo. Su respuesta es bastante fuerte; sin embargo, no es un problema médico, sino uno de entrenamiento. Le diré al mentor que te proporcione una polla de entrenamiento con la que ella pueda practicar. Querrás que la use mientras la estás follando para que pueda encontrar placer, incluso correrse, con la boca llena.

El hombre sacó su polla de la boca de su mujer y usó su pulgar para limpiarle los labios, sus ojos llenos de admiración y... orgullo. Aunque podía ver que la mujer se sentía humillada por el hecho de que se la discutiera tan descarada y clínicamente, también se deleitaba con las atenciones de su pareja, sobre todo cuando la ayudó a levantarse y le besó la frente.

Al abrocharse los pantalones, el hombre dijo: —Gracias, doctor.

La pareja caminó hacia nosotros y nos quitamos del camino para que salieran. El médico se nos acercó y luego estrechó la mano de Drogan.

—Ya pasó una semana y sentí que era hora de venir —dijo Drogan—. Estoy seguro de que puede entender el motivo de nuestro retraso.

El médico asintió. —Ciertamente. He escuchado buenos informes de varios mentores sobre el progreso de su pareja.

—Sí, ella se resistía bastante a ser observada al principio, especialmente cuando me deleitaba con su coño, pero parece haber superado esa preocupación.

Me sonrojé con vehemencia, recordando la forma en

que Tor me había complacido tan despiadadamente en la choza de entrenamiento, con mis piernas atadas para que no pudiera resistirme. Pero el calor que subía por mis mejillas también era causado por la forma en que hablaba de mí. Yo no era una posesión, pero él hablaba de mí como si lo fuese.

—Estoy aquí —murmuré, entrecerrando los ojos hacia Drogan.

El médico permaneció en silencio, pero alzó una ceja.

—He estado trabajando en su comportamiento, pero es… difícil.

Drogan sonaba como si estuviera trabajando con un cachorro imposible de entrenar.

—¿Qué métodos de castigo has utilizado?

—Azotes, por supuesto.

—Algunos usan el orificio trasero de su pareja como una forma segura de mantener la obediencia.

Quería matar al médico, pero supuse que eso llevaría el término *recalcitrante* demasiado lejos.

Drogan pasó su gran mano por mi espalda. —Me complace decir que a mi novia le gusta demasiado que jueguen con su trasero para que se lo considere un tipo de castigo.

Mis mejillas ardieron y miré al suelo.

—Ah, sí, recuerdo que pasaste tiempo con el mentor de entrenamiento de culo.

Drogan me apretó el costado, tal vez para tranquilizarme.

—Ella tiene un agujero muy apretado. Se requieren más estiramientos antes de que pueda tomarla por allí, pero ella es bastante sensible al juego anal. Espero con ansias su reacción cuando mi polla invada su portal virgen.

Lo miré, con la boca abierta. Yo también lo quería, pero... Dios.

—Comencemos los exámenes, ¿de acuerdo? —El médico se dirigió a una mesa que se parecía a una en la oficina de mi ginecólogo en la tierra. Me detuve mientras la observaba.

—¿Aquí? —le susurré a Drogan—. Habrá *personas* en la habitación mientras me *examinan*.

La mujer todavía estaba parada en la esquina, los dos hombres permanecían cerca de ella. Otro hombre vino y se fue. No había *nada* de privacidad.

—Doctor, mi pareja responde mejor a las recompensas que al castigo.

Drogan se volvió para mirarme mientras sus dedos agarraban el dobladillo de mi vestido y lo levantaban, cada vez más alto, hasta que la tela de mi vestido quedó enganchada en su antebrazo. Si bien sentía el aire frío de la sala en la parte inferior de mis piernas, permanecía cubierta para los demás en la habitación. Su dedo rozó el aro de mi clítoris antes de pasar de largo, sobre mi hendidura, abriéndome, luego metiendo dos dedos dentro de mí.

Lo agarré por los antebrazos mientras susurraba su nombre, esta vez con necesidad, no con vergüenza.

Inclinándose, me susurró al oído para que solo yo pudiera escuchar. —Siento nuestra semilla en tu interior. ¿Sabes lo que significa para mí saber que has sido marcada?

Su voz, si bien baja, estaba llena de su propio deseo.

Estaba tan afectado como yo, pero tenía que ser fuerte. Yo apenas podía pensar coherentemente, pero sabía que él estaba bajo escrutinio tanto como yo. Tenía que excitarme para demostrar su dominancia y tuve que ceder para demostrar que era su pareja. Con la forma en que sus expertos dedos encontraron mi punto G y comenzaron a acariciarlo, eso no iba a ser difícil. —Vas a correrte para mí, luego vas a dejar que el médico te examine. Nada más, ¿de acuerdo?

Dejé que mi frente cayera sobre su sólido pecho mientras clavaba mis dedos en sus bíceps. —¡Sí! –chillé. Mi orgasmo fue tan rápido que no me ahogué con la palabra.

Estaba jadeando mientras trataba de recuperar el aliento, de recuperarme. Drogan sacó sus dedos de mí y dejó que el vestido cayera al suelo. Levantando mi mentón, lo vi mientras lamía mi excitación de sus dedos.

—No hay duda, doctor, que el emparejamiento es fuerte.

—Ninguna, de hecho —respondió—. El poder de tu semilla es potente.

—Así es mi semilla —le dijo Drogan—. Creo que ella ya está embarazada.

Estaba demasiado saciada para sentir vergüenza y agradecí que las manos de Drogan me sostuvieran, su cuerpo protegía el mío de los demás.

—¿Registro a esta paciente por usted, doctor? —Un hombre hizo la pregunta, aunque no pude ver quién era. Tenía que asumir que era uno de los otros hombres en uniforme.

—No, gracias. Yo mismo ingresaré sus datos cuando

termine. Si ella está encinta, como dice su pareja, habrá formularios adicionales que rellenar.

—Como quiera —respondió el otro hombre. Escuché sus pasos al retirarse.

—¿La examino ahora? —preguntó el médico.

—Sí, sin embargo, que sea un escaneo externo solamente. No permitiré que otro hombre la toque, ni siquiera un médico.

9

ev

—¿Bien? —preguntó Tor cuando Drogan y Leah regresaron. Había usado la sala de baño para ducharme mientras no estaban y solo vestía mis pantalones. Mis pies estaban desnudos contra el piso de madera.

Drogan sostuvo la mano de Leah, quien parecía bien complacida y un poco conmocionada. Mi hermano asintió y una sensación extraña se apoderó de mí. Era como si mi vida estuviera tomando su lugar. Hace una semana estaba en el Sector Dos, solo. Ahora tenía dos hermanos a quienes respetaba, una pareja, a quien ansiaba, y un hijo en camino.

—Menos de cuatro meses —confirmó Drogan.

Tor se acercó y tiró del cabello de Leah. Si bien lo hizo gentilmente, fue suficiente para inclinar su cabeza para poder besarla y luego mirarla fijamente. —Esto no significa que seremos menos rudos contigo.

Me acerqué y puse mi mano sobre su vientre aún plano. —Él está en lo cierto. Sin embargo, dudo que el banco de nalgadas sea de mucha utilidad pronto.

Drogan se rio. —Estoy seguro de que encontrarás otras formas —respondió secamente.

—Intentaré una de ellas ahora mismo.

Leah intentó retroceder, pero Tor mantuvo su agarre. —¿Me azotarás ahora? ¿Por qué?

Vi sorpresa en sus ojos, pero también entusiasmo. No podía ocultar que le gustaba el poder que ejercía sobre ella. Le gustaba que la azotaran, el dolor, la embriagadora sensación de sumisión.

—Porque puedo. —Di un paso atrás—. La polla de Tor necesita tu atención, Leah.

Mi hermano la soltó y se movió hacia una de las sillas del comedor. La apartó de la mesa, la giró y se sentó. Cuando se desabrochó la parte delantera de los pantalones, abrió las rodillas de par en par. Leah se lamió los labios cuando liberó su polla y comenzó a acariciarla.

Hice un ademán con la barbilla hacia Tor. —Chúpale la polla, Leah.

Sus ojos se encendieron ante la idea y se acercó a él. Al bajarse, con las manos y las rodillas sobre el duro suelo, él sacudió la cabeza. —Manos aquí. —Tor palmeó sus duros muslos.

Ella frunció el ceño un poco, pero lo obedeció, inclinándose hacia delante y colocando sus pequeñas manos donde él le ordenó. Yo me le acerqué por detrás y levanté sus faldas, colocando el material sobre su espalda.

Pasando un brazo por su cintura, la empujé hacia atrás para que su culo se quedara al aire y su cabeza se moviera sobre la tensa polla de Tor. Con su pulgar, Tor limpió una gota de líquido preseminal y lo llevó hacia los labios de Leah. Ella lo succionó y gimió.

Alcé mi mano y le di un rápido golpe en el trasero. Al instante, una huella de color rosa brillante apareció. Ella gritó sobre el pulgar de Tor.

—Chúpale la polla, Leah.

Tor retiró su pulgar de su boca y agarró la base de su polla, sosteniéndola para que ella lo tomara. Bajando la cabeza, abrió la boca y giró su lengua alrededor de la cabeza acampanada, luego tiró del gran aro.

Juro que podía sentir esa pequeña y ardiente lengua en mi propia polla y gemí. Drogan se arrodilló junto a ella y metió sus dedos en sus húmedos pliegues, jugando. Ella gimió. Como estaba de pie a un lado, pude volver a bajar mi mano con un fuerte crujido. No fue demasiado fuerte, pero el sonido llenó la habitación.

—Mete su polla profundamente, Leah —ordené.

De manera casi codiciosa, se inclinó y bajó la cabeza, tomando la polla de Tor profundamente en su boca. Cuando Drogan tiró del tapón en su culo, algo que había adquirido durante su examen, gimió de nuevo.

—No duraré si ella sigue haciendo sonidos como ese —dijo Tor, su mano enredándose en sus ardientes trenzas.

Cuando Drogan retiró el tapón, los dos vimos cómo su culo permanecía abierto para nosotros, el tapón había funcionado bien para estirarla de par en par. Su cuerpo intentó cerrarse y, en lugar de permitirlo, Drogan deslizó su dedo resbaladizo en su culo, probando su entrenamiento.

—Podemos tomarla esta noche. ¿Te gustaría eso, Leah? —preguntó Drogan, comenzando a follarla lentamente con su dedo, cada vez más y más profundamente en su culo—. ¿Te gustaría que fuera la polla de Lev en lugar de mi dedo?

Le di una nalgada de nuevo. —Drogan te hizo una pregunta.

Soltó la polla de Tor el tiempo suficiente para decir: —Sí, por favor.

—Te azotaré hasta que te chupes el semen de las bolas de Tor y lo tragues profundamente. Ya que tienes a nuestro bebé en tu barriga, su semilla ahora puede ir a otro lado.

Empecé a azotarla, no demasiado fuerte porque, aunque sabía que no dañaría al bebé, no obstante, fui precavido. Esto se trataba más de que supiera quién estaba a cargo que cualquier tipo de castigo. Si bien ella chupaba la polla de Tor, yo la azotaba y el dedo de Drogan le follaba el culo, ella era la que tenía todo el poder. Ella fue quien nos reunió a los tres, quien daría a luz al futuro líder de Viken, quien gobernó nuestros corazones.

Su culo se estaba poniendo de un bonito tono rosado y ella movió las caderas, retorciéndose y tomando el dedo de Drogan.

—Puedes correrte, Leah. Puedes correrte mientras juego con tu culo.

La conexión que compartíamos era increíble. Esta mujer, esta hermosa, inteligente, atrevida mujer nos pertenecía. Nos entendía. Nos permitía hacerle estas cosas sucias y traviesas. Y se corría por nosotros.

Tor no duró mucho, no había esperado que lo hiciera, ya que éramos como jóvenes cachondos cerca de ella, así que Leah se corrió con fuerza, su boca llena de gruesa polla mientras su semilla cubría su garganta, llenaba su vientre. Ella montó el dedo de Drogan y vi como su excitación goteaba de su abertura vacía.

La tomaríamos ahora, una y otra vez, no por un nuevo gobernante, no por Viken, sino por nosotros. *Por ella*.

Leah

Una cosa que descubrí rápidamente sobre estar embarazada era que me agotaba. Hacer un bebé en nueve meses, había oído, era agotador, pero yo tendría un niño en cuatro meses y eso me robaba la energía. Cuando el médico confirmó que estaba embarazada, supuse que sabría el sexo del niño. Pero al ser un planeta extraño, al menos en lo que respecta a las actividades cotidianas, la raza Viken prefirió nunca descubrir el sexo de un niño por nacer. No conocía las leyes de Viken ni si una mujer podía gobernar el planeta, por lo que me preocupaba el género.

Mis hombres parecían estar encantados con su poderosa semilla y su virilidad, porque después de chupar la polla de Tor, me llevaron a la cama y me follaron todo el día. Parecía que el poder de la semilla no disminuía con el embarazo. De hecho, estaba más ansiosa que nunca. Los hombres también lo estaban, especialmente al jugar con mi culo, asegurándose de que pudiera tomarlos a los tres juntos al mismo tiempo. Me sentía bien preparada para la polla de Lev en mi culo, pero estaba un poco aprensiva de la doble penetración. Sin embargo, me distrajeron lo suficiente, me despertaban de mis pequeñas siestas al tocar mi cuerpo, viendo como, casi ante nuestros ojos, mis pechos se volvían pesados y grandes, mis pezones se ensanchaban y se oscurecían, mi vientre comenzaba a curvarse levemente. Era casi loco ver que algo sucediera a un ritmo que no conocía.

Estaban planeando formar la unión de apareamiento después de nuestra cena, pero me había quedado dormida. Lo último que recordaba era girar a un lado y sentir la pegajosa esencia de su semilla combinada resbalando por mis muslos.

Me desperté, pero no al sentir manos gentiles o labios suaves sobre mi cuerpo, sino unas fuertes manos que me agarraron y me empujaron al suelo. Me desperté completamente al golpear el piso de madera con mi cadera, con un gran cuerpo masculino cubriéndome.

—¿Qué? ¡Drogan! —chillé. Podía olerlo, el aroma de cada uno era muy distinguible, incluso en la oscuridad total.

—Silencio —siseó en mi oído. El tono no fue amable, sino dominante y me quedé quieta.

Escuché peleas, el sonido de pies pesados moviéndose por el piso de madera. No solo Tor y Lev, sino también otros.

—Encuéntrenla y mátenlos —dijo la voz. Era oscura, profunda y amenazante.

Vi el brillo filoso de la espada de Drogan, quien la blandía en la mano que tenía sobre mí, protegiéndonos al bebé y a mí de cualquier daño.

El sonido de piel contra piel, quejidos, el metal saliendo de una funda llenó el aire. Drogan me empujó más hacia debajo de la cama, bloqueándome con su cuerpo. La única forma en que alguien me iba a atrapar era a través de Drogan, o gateando por debajo del otro lado de la cama.

Vi las sombras oscuras de piernas desde mi nueva posición, un par se acercaba. Un gruñido, luego un sonido doloroso y sibilante, luego el cuerpo cayó al suelo. Todo lo que podía ver era una forma negra y entré en pánico, pensando que podría ser Lev o Tor. Empujando para alejarme de Drogan, traté de salir de debajo de la cama y ayudar, pero él era inamovible. También intenté deslizarme por el suelo, metiéndome más debajo de la cama para salir por el otro lado, pero un agarre fuerte e irrompible de mi cadera me mantuvo en su lugar.

—Encuéntrenla —escuché.

—¿Por qué tomarla viva? ¿Por qué no los matamos a todos?

Contuve la respiración ante la fría lógica de la pregunta mientras mi corazón se aceleraba, en pánico. ¿Estos invasores querían asesinar a mis parejas y tomarme prisionera? ¿Por qué? ¿Y dónde estaban Tor y Lev? ¿Estaban a salvo? ¿Estaban afuera con una daga en el cuello o una flecha en el pecho? Cerré los ojos mientras el dolor me inundaba en una ola tan feroz y llena de furia que nunca hubiera creído posible tal intensidad después de estar unos pocos días con mis compañeros.

Pero ellos eran míos. *Míos*. Y no podía soportar la idea de que los mataran.

—Necesito al niño. Encuéntrenla. Maten a los hombres. Una vez que ella me dé lo que necesito, también me ocuparé de ella. Ninguna mujer gorbenará Viken. *No habrá unificación.*

¡Yo ni siquiera iba a gobernar Viken! ¿Qué estaba pensando este loco? No entendí eso en absoluto, pero tenía muy claro lo de la muerte. Quería matar a mis parejas, tomar a mi hijo y *matarme* después de que diera a luz.

Hubiera entrado en pánico, pero este traidor tenía que superar a mis parejas primero y yo tenía fe en ellos, en su fuerza y su intelecto. Seguramente podrían burlar a estos traidores. Tenían que hacerlo. No podían dejarme. No ahora. Ni nunca. Mi corazón no sobreviviría si perdía a uno de ellos.

Más peleas, forcejeos, hombres gruñendo, maldiciendo. Me tensé, pero la mano firme de Drogan me mantuvo cuerda mientras escuchábamos los sonidos de la lucha y la puerta golpeando contra la pared. Pude ver el cielo iluminado a través de la puerta ahora abierta y las piernas de un hombre mientras huía.

Luego, otro cuerpo cayó al suelo a unos metros de mí. Volví la cabeza al ver sus ojos sin vida, la sangre gorgoteando de su boca y la lanza sobresaliendo de su pecho. Me mordí el labio y me concentré en el reconfortante contacto de la firme mano de Drogan sobre mi cadera y su frío acero listo para matar a cualquiera que se nos acercara.

Traté de no respirar, temiendo que mi estremecimiento nos delatara en el repentino silencio que llenaba la cabaña.

—¡Derríbalo, Lev! No lo dejes escapar. —Oí el gruñido intenso y oscuro de la voz de Tor y me relajé por primera vez bajo el feroz abrazo de Drogan. Sentí el alivio verterse por todo mi cuerpo cuando me di cuenta de que mis tres parejas habían salido ilesas.

—Él es mío —gruñó Lev. Oí el silbido de una flecha, luego un grito de dolor y luego el ruido sordo de un hombre cayendo contra el duro suelo.

—Buen tiro. Todo está despejado, Drogan. ¿Leah está a salvo? —Las botas de Tor caminaron hasta el borde de la cama y estiré la mano para envolver, con dedos temblorosos, mi mano en su tobillo, agradecida de tocarlo, de saber que estaba vivo y a salvo.

Drogan se deslizó por el suelo, tiró de mi cadera y me obligó a soltar a Tor al sacarme de debajo de la cama. Se puso de pie, luego me levantó y me ayudó a ponerme en pie.

—¡Luz! —gritó Drogan—. Enciendan una jodida luz.

Escuché unos pasos, luego la habitación se iluminó a lo largo del pálido amanecer y aproveché la oportunidad para estudiar a mis compañeros. Lev y Tor estaban salpicados de sangre, pero, por lo demás, ilesos. Sus ojos, sin embargo, estaban llenos de una ira silenciosa que nunca había visto antes. Ese fuego me habría asustado, pero sabía que era en mi nombre. Esa ira feroz me protegió y me mantuvo a salvo.

Drogan me miró cuando Tor se puso a su lado, con la respiración entrecortada. Ambos pasaron sus manos por mi cuerpo, pero fue Tor quien me exigió que hablara. —¿Estás herida?

No les presté atención, sino que busqué a Lev, quien se acercaba a la entrada. Quería a todas mis parejas cerca. Necesitaba sentir su tacto, saber que todos estaban vivos, bien, y que eran míos. Lev debió haber sentido mi necesidad porque caminó hacia mí y pasó su mano por mi mejilla mientras los otros dos continuaban inspeccionándome en busca de heridas. Me apoyé en su mano por un breve momento y nuestras miradas se encontraron. Dejé que mi anhelo por él, mi confianza en él brillara en mis ojos. No se podía esconder nada, no de estos hombres con sus feroces manos amorosas y dominantes.

Lev tocó mis labios suavemente antes de darse la vuelta. En cuestión de segundos, sus largos pasos lo llevaron fuera de la choza y hacia la hierba.

—Leah —dijo Tor, su voz insistente—. ¿Estás herida?

Negué con la cabeza. —No. No estoy herida.

—¿El bebé? —preguntó Drogan, colocando una mano sobre mi vientre.

Puse mi mano sobre la suya y me tomé un momento para escuchar a mi cuerpo. —Está bien. Pero qué... ¿qué pasó?

Lev llamó desde afuera y Tor me tomó en sus brazos.

—Puedo caminar —murmuré, pero descansé mi mejilla en su cálido pecho, contenta de que me abrazaran. Mi adrenalina parecía haberse derretido y me estaba cansando.

Tor pasó por encima de un cuerpo y volvió mi cabeza hacia su pecho, cubriendo mi mirada con una mano firme.
—No mires, Leah. —No lo discutí, simplemente me relajé en sus brazos y escuché el constante latido de su corazón bajo mi oreja. Una sensación de calidez y seguridad se instaló profundamente en mis huesos. Nunca me había sentido así de contenta, ni un solo día de mi vida antes de venir aquí, a Viken y a estos guerreros que me habían reclamado como suya. No solo tenía una pareja fuerte que me protegía y me cuidaba. Tenía a los tres hombres más fuertes del planeta. Me di cuenta de la realidad de su poder, de su fuerza y coloqué mis manos sobre mi vientre, verdaderamente feliz por primera vez. Llevaba a su hijo, un magnífico niño increíble. Y estos hombres velarían y protegerían a mi bebé tan ferozmente como me querían.

Mientras Tor se detenía frente a la puerta abierta, Drogan se acercó a Lev. En el brillante amanecer pude ver el cuerpo en el suelo, con una flecha alojada en su costado; era el médico.

¿Por qué quería matar a mis parejas? ¿Por qué traicionaría a su propia gente?

―――

Drogan

Yo era un guerrero. Había visto la muerte de primera mano, en amigos y enemigos por igual. Yo mismo había matado a unos cuantos hombres. Ciertamente tenía sangre en mis manos y estaba harto y acostumbrado a tal peligro. O eso pensaba. Cuando los hombres irrumpieron en nuestra choza, con sus cuchillos brillando bajo la doble luz de luna, el miedo pulsó por mis venas. No estaba preocupado por mí o mis hermanos, solo por Leah. Ella era inocente y pura y llevaba a nuestro hijo.

Yo la protegería con mi vida. Lo mismo harían mis hermanos. Y lo hicimos. Pero habían sido otros los que habían muerto. En cuclillas junto al primer hombre, lo di vuelta. La sangre se filtraba por los bordes salientes del cuchillo que Tor había usado para perforar su corazón. Tor no habría permitido que el hombre viviera, ni tampoco creía que un hombre debía sufrir antes de morir. Su lanzamiento había sido exacto, eficiente y rápido. El hombre ni siquiera lo había visto venir. Dos más estaban así y un tercero tenía el cuello roto.

Eso lo había hecho Lev. Era mortal con el arco, pero parecía tener cierto orgullo feroz en su habilidad para destrozar a un hombre con sus propias manos.

Seguí a Lev por la hierba y hacia el hombre que yacía jadeando en el suelo. Reconocí los sonidos del dolor, del miedo. Furia. Rodó de su costado para colocarse sobre su espalda y poder mirarnos. Una flecha le atravesaba el costado, justo debajo de la caja torácica. No viviría por mucho, no por la herida, ya que era fácil de tratar en el centro médico, sino porque lo mataría una vez que tuviéramos las respuestas que queríamos. El médico se atrevió a lastimar a Leah. Él moriría.

—¿Por qué hiciste esto? ¿Para quién trabajas? —pregunté.

Entrecerró los ojos. El sudor cubrió su rostro al

agarrar la flecha que entró en su cuerpo, tenía sus dedos cubiertos de sangre.

Se rio, el sonido estaba lleno de dolor. —Solo para aquellos que quieren ver un Viken mejor.

Lev hizo un ademán con la cabeza hacia la choza. —Esos hombres, están muertos. Tú serás el siguiente.

—Mi muerte no significa nada.

—Entonces, ¿a quién debería matar? —pregunté, poniéndome en cuclillas junto al médico. El cielo se iluminaba rápidamente y el oscuro carmesí de su sangre contrastaba notablemente con la hierba sobre la que estaba tendido.

—A mí. —Giramos rápidamente hacia la voz que venía del bosque.

Era Gyndar, el segundo al mando del regente. Ya no era manso, callado, ni impositivo. Al caminar hacia nosotros con la túnica blanca suelta que usaban los reyes de la antigüedad, con una pistola explosiva muy moderna apuntada hacia nosotros, todo tenía sentido. El plan del regente, el ataque a Viken Unido, el asesinato. Gyndar quería poder.

—Te obstaculizamos el camino, ¿no? —pregunté. Intenté mantener la calma, que mis manos no se convirtieran en puños cuando todo lo que quería hacer era acercarme al bastardo y romperle el cuello. Seguramente Lev pensaba lo mismo. Si bien no me sorprendía verlo con un arma, no encajaba con la imagen que yo tenía de él. Gyndar parecía más del tipo que se escondía detrás de artimañas, que dejaba que los demás hicieran el trabajo sucio por él. Gracias a eso, el médico estaba muriendo sobre la grama mientras Gyndar caminaba en libertad.

—Solo tenía que esperar que el anciano muriera. —Se encogió de hombros.

—Pero hubo un cambio de planes.

Asintió secamente. —Sí, hubo un cambio de planes. Si hubiesen tomado una mujer de Viken, habría sido más sencillo de enfrentar a los sectores. Pero ¿con una novia por emparejamiento y su cooperación mutua? Eso lo arruinó todo.

No sabía a dónde había llevado Tor a Leah, pero esperaba que fuera muy, muy lejos. Si Gyndar había mostrado su rostro, eso significaba que no estaba solo. Seguramente había más enemigos en los bosques. Esperando.

—Y luego desaparecimos. —Necesitaba que siguiera hablando, para darle oportunidad a Tor de llevar a Leah a un lugar seguro.

—Correcto, pero tengo seguidores en todos lados. —Gyndar bajó la mirada hacia el médico herido—. Todos lados.

Entonces nuestro plan de ocultar a Leah había funcionado hasta el exámen médico. Nuestra preocupación por la salud de Leah fue lo que atrajo el peligro a ella. Qué estúpidos. Debimos haber enviado a buscar a mi médico personal del sector. A él le confiaba mi vida. De haber sido más cuidadosos, no estaríamos en esta situación.

—¿Dónde está su adorable pareja? Me temo que necesito que venga conmigo.

—No —dijo Lev con futilidad—. Nos llevaremos a

nuestra pareja a Viken Unido donde gobernaremos juntos hasta que nuestra hija tenga la edad para liderar.

Llevé mis ojos a mi hermano. Sus ojos se encontraron con los míos mientras continuaba retando a nuestros enemigos. —El bebé es niña, ¿no es así, doctor? Antes de morir, a uno de sus hombres se le escapó que no sería gobernado por una mujer. No se refería a Leah. Se refería al *único líder verdadero.*

Una niña. Tendríamos una niña. Si se parecía a Leah, los tres estaríamos en problemas. Ahora sí tenía las manos empuñadas. ¿Cómo se atrevía este hombre a poner a mi pareja y a mi *hija* en peligro?

Gyndar hizo un gesto simple con sus dedos y los hombres que yo sabía se estaban ocultando salieron del bosque. Había diez como mínimo, todos bien armados y preparados para matarnos.

Gyndar le hizo una señal a un hombre que estaba dos pasos más delante de los demás, su líder aparente. —Mátenlos a todos y encuentren a la mujer. La necesito con vida.

—Te veremos en el infierno —rugí, abalanzándome sobre el hombre que destruiría a mi familia.

10

Tuve que llevarme a Leah lejos de la escena que se desarrollaba frente a nosotros. Coloqué una mano sobre su boca y la arrastré para escondernos en la profundidad de los árboles mientras ella luchaba con toda su fuerza. Al parecer, que Drogan la arrojara al suelo para protegerla mientras que Lev y yo luchábamos contra los hombres que venían a matarla no había sido suficiente para asustarla. Mi corazón se llenó de orgullo ante el espíritu luchador de nuestra pareja, incluso cuando sabía que tenía que arrastrarla lejos de la batalla por venir.

Con espadas cortando por los aires, junto con puñetazos, no era el momento para pensar en los detalles de quienes nos estaban atacando en la choza o por qué. Todo se fue aclarando cuando se descubrió que el médico era parte del grupo. El pensar que un hombre a quien se le había confiado la salud y el bienestar de tantas novias había intentado matar a nuestra pareja me enfermó. Pero no tanto como saber que Gyndar quería robarnos a nuestro bebé y matarnos.

La tomé por la cintura, con una mano cubriendo su boca, y la cargué por un lado de la choza lo más silenciosamente posible para meternos en el bosque. Estaba en modo guerrero, pero eso no evitaba que disfrutara la sensación de su aliento contra la palma de mi mano, del latido de su corazón contra mi antebrazo, su ligero peso. Eso me demostraba que estaba viva y segura. Estaba acostumbrado a luchar contra el enemigo, los dos hombres contra los que luché yacían muertos sobre el suelo de nuestra choza, pero ahora tenía un trabajo más importante: proteger a Leah. Lev y Drogan lidiarían con Gyndar. Ellos podrían enfocarse en esa amenaza y confiar en que pondría a nuestra pareja a salvo.

Al alcanzar la refrescante sombra de los árboles, no la bajé, sino que la levanté con mis brazos cuidadosamente y le susurré al oído. No sabía cuántos hombres tenía Gyndar con él, pero ponía en duda que los hubiese mostrado a todos. Dudaba que hubiésemos matado a la mitad de sus asesinos. —Mántente en silencio.

—¡Pero Drogan y Lev! —susurró, con ojos muy abiertos y llenos de miedo, no por ella, sino por mis hermanos.

Un calor se regó por mi pecho, pero no tenía nada que ver con lujuria y tenía todo que ver con la debilidad, la preocupación genuina que vi en sus ojos. Si amaba a mis hermanos, entonces seguramente había espacio en su corazón para mí.

—No discutas conmigo. Ten fe, amor. Son guerreros, no políticos pomposos que crecieron vistiendo túnicas. —Le regalé una sonrisa, asombrado por la voluntad de su espíritu—. Quédate en silencio. Ellos confían en que te mantendré a salvo, Leah. No discutas.

Ella asintió con la cabeza y no volvió a pelearme mientras la colocaba en una posición más cómoda en mis brazos. No gritó cuando la cargué y me sorprendió la calma de su hermoso rostro. En un momento ella estaba durmiendo entre nosotros, y al siguiente estaba bajo ataque, sabiendo que el regente de Viken había sido asesinado por su beneficio personal y político… y que ella era la siguiente. Ella era realmente la *única* persona en Viken que podía interferir con los planes de Gyndar. Si mis hermanos y yo estuviéramos muertos, el hijo que ella llevaba era la única realización del hombre para el poder. Claro, Drogan, Lev y yo podíamos unir fuerzas y liderar, pero los diversos sectores no se mantendrían unidos como deseábamos, como el regente había querido, sin el futuro líder que era la encarnación física de los tres sectores. El único verdadero heredero.

Mi hija. Nuestra hija.

Con Leah mejor acomodada en mi agarre, pude moverme sobre troncos caídos, rocas y tocones y virar hacia la orilla del agua. Lev no sería el único que repartiría azotes en esta familia. Cuando se trataba de su seguridad, ella obedecía. Sin duda, escucharía mejor después de que su culo se pusiera de un brillante tono rosado.

Su miedo no era infundado y me preocupaba por mis hermanos. Los superaban en número. Había visto a Drogan a punto de derribar a Gyndar cuando me llevé a Leah. Para sus ojos inocentes, parecía que dos de sus parejas seguramente iban a morir. Si bien no conocía a mis hermanos mucho mejor que ella, sabía cómo se criaron, cómo podían luchar y por qué estaban luchando. Ellos sobrevivirían y Gyndar sería aniquilado.

Mientras tanto, la llevaría a Viken Unido, a un terreno neutral, al hogar que estaba vacío y esperándonos.

Leah

Parecía que Tor era tan hábil remando como su hermano. Me colocó cuidadosamente en un bote pequeño, similar al que habíamos usado para llegar, y Tor nos llevó de vuelta a Viken Unido. Una vez que estábamos en el mar abierto y él estaba seguro de que no nos seguían, me habló de nuestro destino. Estuve todo el tiempo preocupada por Drogan y Lev, el médico, y veía a Gyndar, el hombre al que reconocía de cuando me había transportado, con una luz completamente diferente. Él ya no era el segundo al mando. No era invisible. Estaba decidido a robarme a mi hijo y matarme, eliminándonos a todos.

Sin embargo, mis parejas lo estaban enfrentando. Tan preocupada como estaba por ellos, también estaba orgullosa de mis guerreros. Eran los verdaderos gobernantes de Viken, y al enfrentarse a una amenaza mortal, se habían unido y luchado como uno solo. Por mí. Por nuestro hijo.

Si bien Tor me aseguraba el bienestar de sus hermanos, me preocupé en silencio durante horas hasta que el estrés del día me ganó y me quedé dormida. No recuerdo nada después de eso, cuando llegamos a Viken Unido, cuando me llevaron al palacio de los padres de Tor o me metieron en una cama gigante. Me desperté en una cama vacía, pero cuando me senté, vi a Tor escribiendo en un gran escritorio. Dejó su trabajo a un lado y se acercó a mí. Mientras yo estaba muy desnuda, él llevaba ropa limpia.

—¿Cómo te sientes? —preguntó, sus manos recorriendo mi cuerpo. Si bien su contacto estaba lejos de ser sexual, no pude evitar reaccionar. Mis pezones se pusieron como guijarros y mi piel se sonrojó cálidamente.

—Mejor ahora. Estoy... estoy preocupada por Lev y Drogan.

Metió mi largo cabello detrás de mi oreja y me miró fijamente. —Están aquí, ilesos.

Miré por encima de su hombro, pero no estaban en la habitación.

Tor sonrió. —Están comiendo su desayuno y bañándose. Prometieron que vendrían a ti tan pronto como...

La puerta se abrió, deteniendo a Tor a mitad de la frase. Entonces mis otros hombres entraron, limpios, sonrientes y completos.

Bajé de la cama, sin importarme mi desnudez, y corrí hacia ellos. Lev me tomó en sus brazos y me abrazó.

Inhalé su olor familiar cuando Drogan se puso detrás de mí. Sentí su cuerpo duro a lo largo de mi espalda.

—¿Nos extrañaste, pareja?

—Saben que sí. —El alivio se apoderó de mí ya que sabía que estaban bien y a salvo—. ¿Y Gyndar?

—No necesitas preocuparte más por él. —La voz de Drogan era un gruñido profundo junto a mi oído. Me giré y él me abrazó—. Hoy anunciaremos al planeta que eres nuestra pareja y que llevas al legítimo heredero al trono Viken.

Me sentí escéptica. —¿Eso es todo? ¿Solo tienen que decirle a la gente y ellos lo aceptarán? ¿No hay más desconfiados como Gyndar en los sectores?

Drogan me soltó y yo me interpuse entre él y Lev. Tor se acercó a mi lado y me encontraba rodeada. Resguardada. Protegida.

—Probablemente —dijo Lev—. Este es el hogar de nuestros padres. El hogar que ha sido nuestro todo este tiempo, esperando nuestro regreso. El regente Bard tenía derecho a él. Los tres deberíamos habernos unido antes para unificar el planeta.

—Nuestros padres murieron tratando de unir los sectores y ahora nos toca a nosotros regresar al planeta a las viejas costumbres. Dejaremos de entrenar a nuestros hombres para que luchen entre ellos y los enviaremos a la Colmena para la Coalición Interestelar, para protegernos a todos —dijo Drogan—. Nuestras acciones de este día hablarán mucho más fuerte que cualquier palabra. La traición de Gyndar será transmitida a todo el planeta junto con nuestro mensaje. Ninguno se atreverá a oponerse a nosotros, ya que cada uno de nosotros tiene aliados incondicionales en los sectores, gente en la que confiamos. El planeta prosperará nuevamente, y todo gracias a ti, pareja.

Tor envolvió su mano alrededor de mi cintura para acariciar mi vientre ligeramente redondeado. Nuestro hijo crecía rápidamente. —Verán tu cuerpo redondo con nuestro hijo y sabrán que nuestras palabras son ciertas, que este bebé, esta hija nuestra, será la nueva líder en su momento, con tres poderosos líderes de sector para guiarla y enseñarle lo que es correcto.

—¿Le contarán a Viken sobre nuestra hija? —pregunté.

Los tres hombres negaron con la cabeza. —Por ahora no. Luego.

—Recibirás un castigo primero. —Tor me levantó y me llevó a una silla, donde se sentó y me movió, hasta recostarme en su regazo.

Traté de quitarme de su regazo, pero fue muy insistente en mantenerme en mi lugar. Enganchó su pierna sobre la mía y con una mano acariciaba mi vientre. —Estas pueden ser las últimas nalgadas sobre el regazo por un tiempo.

—No necesito unas nalgadas —resoplé.

—Te dije que te mantuvieras en silencio y hablaste mientras huíamos de la choza. Tu seguridad es frágil y te pusiste en peligro.

—¡Estaba preocupada por mis hombres!

Drogan y Lev se pusieron en cuclillas para estar al nivel de mi cara. Lev colocó mi cabello detrás de mi oreja. —Me complace escuchar tus palabras, Leah, pero Tor tiene razón. Le confiamos tu vida y tu desobediencia hizo que le fuera más difícil mantenerte a salvo.

—Recibirás un conteo de diez —dijo Tor, acariciando mi trasero con su mano.

—Luego completaremos la unión de apareamiento —agregó Drogan—. No podemos decirle a Viken que somos una familia si la unión no es oficial.

—Y quiero romper este culo virgen tuyo. —Mientras Tor hablaba, deslizó un dedo por mi coño y lo llevó hasta mi entrada trasera. Con mi excitación cubriendo su dedo, empujó la punta dentro de mí y la apreté—. Te gusta esa idea, ¿verdad? —preguntó, un segundo antes de dejar caer la palma de la otra mano sobre la curva de mi trasero.

Me sobresalté por la sorpresa, pero no fue demasiado fuerte.

—Cuenta, Leah —dijo.

—Uno —respondí, mirando a Drogan y Lev.

—Solo quería saber que estaban a salvo —les dije.

Zas.

Inhalé profundamente. Esa fue más fuerte. —Dos —respondí con los dientes apretados.

Los ojos de Drogan brillaban con algo, no pasión, más como amor. —Lo sabemos, pero nuestro trabajo es protegerte. *Tu* trabajo es proteger a nuestro bebé.

Zas.

El bebé. Dios, si me hubiesen atrapado o herido, también hubiesen herido al bebé. Solo había pensado en ellos. No había pensado en lo que habíamos hecho, en la persona que crecía dentro de mí. La niña pequeña. —Lo siento.

—No podemos cuidarla como tú — agregó Lev. Mantuvo su mano en mi cara, tomando mi mandíbula. Su pulgar acarició mi mejilla y limpió una lágrima.

Zas.

—Cuatro. —Estaba llorando—. Lo siento —susurré—. No pensé. Este bebé, es... es tan nuevo. No tenía idea de que tendría tres hombres por quienes preocuparme. No sabía que tendría un bebé dentro de mí.

Zas.

—Entonces esto será un recordatorio de tu nueva vida —dijo Tor—. ¿Cuántas van?

—Cinco —susurré.

Zas.

—Esto será un recordatorio de que tienes tres hombres que se preocupan lo suficiente por ti como para azotar tu trasero desnudo cuando lo necesitas. Para follarte cuando lo necesites. Para amarte.

—Todo el tiempo —agregó Drogan.

La idea de ser amada por estos tres hombres hizo que mis lágrimas cayeran espontáneamente. Se deslizaron por mis mejillas y a los dedos de Lev.

—Yo también los amo —dije, sollozando.

Tor me azotó una y otra vez en diferentes partes de mi cuerpo, pero no conté más, solo me quedé usada y llorando sobre su regazo. Cuando terminó, acarició mi piel ardiente y caliente mientras Lev secaba las lágrimas de mis mejillas.

—Listo —dijo Drogan—. Dejar que te cuidemos va a ser difícil para ti, Leah, pero lo *harás*—. Dijo lo último con firmeza.

—A pesar de que Gyndar se ha ido, eso no significa que no habrá otras amenazas, otros peligros. Harás esta hija para nosotros mientras te cuidamos.

Lev y él me miraron con tanta seriedad que tuve que

sonreír, aunque de forma acuosa. Los tres podían mantenerme a salvo *y* gobernar el mundo. Podían hacer cualquier cosa... excepto hacer un bebé. Y ese era ahora mi deber sagrado en esta familia. Una hija.

Algo poderoso y salvaje se encendió en mi corazón y supe que, hasta ese momento, mi hija no había sido real para mí. Ahora lo era y yo la amaba con una feroz protección que nunca antes había experimentado, ni siquiera con mis hombres. Esto era diferente Esta niña era mía y yo era de ella. Moriría por ella, mataría por ella y haría lo que fuera necesario para asegurarme de que creciera sana y feliz.

—Está bien. Estoy de acuerdo. No voy a discutir con ustedes de nuevo. Debemos proteger a nuestra hija.

—Buena chica, Leah. —La mano de Tor se deslizó por mi coño—. Está empapada.

Esto fue seguido por un gruñido mientras me levantaba y me llevaba a la cama. No tuve la oportunidad de ver si los demás me seguían, porque él me besó, dulce, carnal y oscuramente. Su lengua se deslizó dentro de mi boca para enredarse con la mía y su gran peso, mientras que mantenía la mayor parte de él fuera de mí con sus antebrazos, se sentía como un capullo seguro de protección. Estaba a salvo. Era deseada. Era amada.

Tor rompió el beso y se puso de cuclillas. Los otros hombres se quitaban la ropa y la dejaban caer al piso.

—Nos quedaremos aquí, Leah, en esta casa, contigo, por el resto de nuestras vidas —dijo Tor, sus manos acariciando mi cuerpo, como si lo viera por primera vez.

—¿Aquí? —le pregunté.

Drogan asintió con la cabeza mientras se quitaba su

camisa, dándome una vista perfecta de su vientre plano, abdominales duros como una roca y cintura estrecha. —Aquí es donde vamos a gobernar. Contigo. Con nuestra hija.

—Hermanos, vamos a hacerla nuestra, primero. —Lev fue el primero en desnudarse y cuando Tor se alejó para quitarse su propia ropa, Lev se colocó en su lugar—. Vamos a prepararte para nosotros.

Inclinándose, tomó un pezón respingado con la boca y lo chupó. —Pronto, tomaremos leche de aquí. Probaremos la esencia de tu vida. Así como te dimos nuestra semilla, tú nos darás esto.

No tenía idea de por qué la idea de tener a los hombres amamantando mis pechos llenos de leche me calentaba, pero lo hizo. Quizás era por ver la cabeza de Lev allí, la sensación de su lengua húmeda lamiéndome, cómo tiraba con su boca.

Finalmente, Lev quitó su boca de mi pezón para explorar el lado suave de mi pecho, Tor frente a él y Drogan se instaló entre mis muslos. Todos ellos tenían sus manos sobre mí, acariciando, tocando, aprendiendo.

Levanté las manos para tocarlos, el cabello sedoso de Lev y Tor, los fuertes músculos de sus brazos, sus lisos costados.

—Aquí es justo donde deberías estar, Leah. Entre nosotros —dijo Drogan, encontrando mi mirada desde entre mis muslos. Su cálido aliento abanicó mi piel hinchada y húmeda. Al arquear mis caderas, sonrió.

—Qué codiciosa, ¿no? —Fue entonces que bajó la cabeza y me tomó con la boca. Me probó, lamió cada gota de mi excitación de mis pliegues hinchados, luego rodeó mi clítoris con movimientos suaves y muy leves. Cuando metió dos dedos en mí mientras trabajaba en mi clítoris, me corrí. Antes de conocer a mis parejas, solo podía correrme al masturbarme. Ahora, no podía *no* correrme. Estaba tan sensible, tan consciente de ellos que era multiorgásmica. Al tratar de recuperar el aliento, definitivamente no me quejaba.

—Hermanos, ella está lista —gruñó Drogan.

Se movieron rápidamente, girándome y moviéndome como si no pesara nada. Lev se acomodó sobre su espalda, apoyándose sobre una almohada. Los otros dos me levantaron sobre él, mis piernas a horcajadas sobre las suyas. Con un fuerte agarre en su polla, Lev me bajó sobre ella, una ávida pulgada a la vez. Me levantó y bajó un par de veces hasta que estuve completamente sentada sobre él, mis muslos descansando sobre los suyos.

Estaba tan llena que gemí. —Te sientes *tan* rico —murmuré. Cerré los ojos y coloqué mis palmas sobre su pecho, deleitándome con su sensación.

—Entonces esto se sentirá aún mejor —dijo Tor, acercándose a mí. Me besó en el cuello, luego mordió el lugar donde se encontraba con mi hombro—. Acuéstate sobre el pecho de Lev. Eso es. Buena chica.

Los hombres canturreaban mientras me ayudaban a instalarme encima de Lev, con mis rodillas dobladas y mis pechos presionados contra los vellos suaves y elásticos de su pecho.

Sentí un líquido fresco deslizarse sobre mi entrada trasera. Los dedos de Tor acariciaron mi entrada bien entrenada suavemente, y luego lentamente empujaron hacia adentro. Estaba agradecida por la semana con los tapones, aunque ciertamente no los había disfrutado en ese momento. No tenía idea de cuán sensible era allí, cuántas pequeñas terminaciones nerviosas se despertaron. Cada vez que el dedo de Tor, o uno de los muchos tapones, se deslizaba sobre esa tierna piel, mi excitación, mi deseo se intensificaba aún más. Podría correrme con el juego anal, pero no estaba segura de poder sobrevivir a tener una polla allí. Iba a ser demasiado, demasiado grande, demasiado... íntimo.

Lo que compartía con mis hombres era lo más cercana que me había sentido con alguien. Todas sus atenciones solo hicieron que nuestro vínculo fuera aún más intenso. Esto... esto iba a ser una locura. Esta unión de apareamiento, estaba casi asustada por la creciente intensidad de la misma.

—Apresúrate, Tor. Su coño está demasiado rico para que dure. —La voz de Lev era tensa, como si apenas pudiera aguantarlo. Levantando la cabeza, vi las tensas líneas de su cuello, la forma en que apretaba su mandíbula. Pude ver las gotas de sudor en su frente, el esfuerzo que le tomaba contenerse. Su polla solo descansaba profundamente dentro de mí, sin moverse.

—Y me muero por meterme en su boca —gruñó Drogan mientras acariciaba su polla. Vi una gota de líquido preseminal deslizarse desde la punta y caer sobre sus dedos.

Tor sacó sus dedos de mi entrada trasera y me sentí vacía, pero solo por un momento, porque la punta resbaladiza de su polla comenzó a tocarme allí.

—Respira, Leah —dijo Tor, su voz cerca de mi oído. Una mano cayó sobre la cama al lado del hombro de Lev, las venas de su antebrazo se sobresalían. La otra mano yacía sobre mi ardiente trasero y lo halaba hacia afuera, abriéndome para él aún más.

Tomé una respiración profunda y la dejé salir, permitiendo que Tor avanzara. Incluso con todos los tapones y solo usando su dedo para meter el lubricante dentro de mí, mi cuerpo luchó contra la nueva intrusión. Su amplia cabeza era más grande que cualquiera de los tapones y me estaba resistiendo. Tor alzó su mano, luego la dejó caer con un fuerte golpe.

—Déjame entrar —dijo.

Jadeé y apreté mi trasero, haciendo que mi coño apretara la polla de Lev.

—Me está estrangulando —gruñó Lev.

—Entonces ella tiene que dejarme entrar, o te correrás y tendremos que empezar de nuevo.

—Y entonces recibirá un castigo —prometió Lev.

Era difícil sentirme indignada cuando tenía la polla de Lev en mí. —¿Me castigarán por esto?

—No les niegues nada a tus parejas, Leah, incluyendo ese culo virgen —dijo Lev—. Relájate y deja que te folle y te llene el culo con su semilla. *Ahora.*

La mirada severa en su rostro, el tono oscuro de su voz me hizo temblar de placer, pero también por miedo al castigo que me podría imponer. *Quería* dejar que Tor me follara el culo, pero era difícil.

Le eché un vistazo a Drogan, quien asintió levemente, luego puse mi mejilla sobre el hombro de Lev, levanté mis caderas un poco y las empujé hacia atrás. Mientras Tor avanzaba poco a poco, continué ofreciéndole mi trasero, inclinándolo hacia él, presentando el último vestigio de mí misma que aún no había compartido.

Respiré con el estiramiento, la apertura, la presión de su polla hasta que sentí un estallido y él estaba dentro. Solo era la enorme cabeza, pero estaba adentro. Gemí, sintiendo no solo la polla de Lev, sino también la de Tor. Dentro de mí. Abriéndome. Estirándome. Completándome.

—Estoy dentro —gruñó Tor.

—Ahora es mi turno. —Drogan se acercó a mí—. Arriba, Leah.

Levanté la cabeza, me alcé con los antebrazos para que su polla estuviera justo frente a mi boca. El aro era grande y brillante, el pequeño agujero en el centro rezumaba más y más de su líquido preseminal. Su polla era de un morado oscuro, con venas enojadas que palpitaban a lo largo de él. Su aroma almizclado era carnal y me lamí los labios, ansiosa por probarlo.

Dios, se iba a correr en mi boca. La última vez que eso sucedió, me corrí duro, gritando mi placer. Lo mismo pasaba cada vez que me follaban mi coño. No podía *no* correrme porque su semilla, Dios, su semilla era tan... asombrosa. La anhelaba. Mi cuerpo la necesitaba ¿Cómo iba a ser cuando los tres estuvieran dentro de mí al mismo tiempo?

Mi cuerpo se relajó ante la idea.

—Se puso muy mojada. Es hora de moverse —ordenó Lev.

Drogan se acercó y abrí mi boca para su polla. No le lamí la cabeza, ni jugué con el aro. La abrí para él y él se metió dentro de mí hasta que su polla golpeó la parte posterior de mi garganta. Durante la última semana, mi reflejo nauseoso había disminuido y había aprendido a respirar por la nariz. Podía saborear su líquido preseminal en mi lengua, sentir cómo me ponía más caliente, más ansiosa por ellos.

Cuando Drogan comenzó a follarme lentamente la boca con su polla erecta, Tor avanzó lentamente dentro de mi culo. Debajo de mí, Lev se echó hacia atrás mientras lo hacía, luego se invirtieron: una polla se metía en mi culo cuando mi coño estaba vacío, y luego lo invirtieron.

Sentí las caderas de Tor presionar contra mi culo cuando tocó fondo en mí. Sus gruñidos se mezclaron con mis gemidos de placer. No podía mantener mis ojos abiertos. No podía hacer nada más que ceder a lo que me estaban haciendo. Yo era un conducto, su mujer quien los tomó por todos mis agujeros. Al mismo tiempo. Yo era la única persona que podía conectarlos de esta manera, para hacer de todos una sola persona, unidos.

El bebé en mi vientre era la culminación de esta conexión, una prueba física de que mis hombres me querían a mí y solo a mí, que este vínculo era la pareja perfecta.

Traté de gritar con la polla de Drogan en mi boca, pero me amortiguó el grito. Los tres me usaron. No me dieron un respiro, pero tampoco es que quería uno. Podía sentir su líquido preseminal cubriendo mis paredes internas. Mi culo, mi coño, mi boca. Estaba perdida, completamente a su merced.

—Estoy listo —gruñó uno.

—Ahora —dijo otro. No pude discernir quién era

quién. Tampoco me importó. No importaba. Ellos eran uno. *Éramos* uno.

—Sí —dijo el tercero.

Con eso, se volvieron más rápidos y fuertes, una vez, dos veces, luego se vaciaron dentro de mí todos a la vez. Una polla incrustada en mi coño. Una en mi boca. Una en mi culo. Las tres pollas palpitaban con sus orgasmos, la gruesa y caliente semilla bombeaba de ellas y cubría cada pulgada de mis aberturas, chisporroteando y marcándome tanto que me corrí. No podía gritar, no podía moverme. Ni siquiera podía pensar. Sentí el vínculo entre nosotros, su placer mezclado con el mío. Me tragué el semen de Drogan, delicioso trago tras trago antes de que la sacara. Sentí el exceso filtrándose alrededor de la polla de Lev, goteando de mi coño. Muy dentro de mi culo, sentí que la polla de Tor salía a borbotones. Mi culo era suyo y les suplicaría que me tomaran por allí de ahora en adelante. Era tan potente, tan real, que casi perdí el conocimiento, solo volviendo a mí misma cuando Drogan sacó su polla de mi boca y usó su pulgar para limpiar la comisura de mis labios.

Me alimentó con él y lo lamí hasta dejarlo limpio.

A continuación, Tor salió cuidadosamente de mí, luego lo siguió Lev. Estaba vacía ahora, pero al estar sobre el cuerpo de Lev, la conexión se mantuvo. Tor se asentó de un lado, Drogan, del otro.

—¿Debemos hacer el anuncio ahora? —pregunté, mi voz llena de cansancio.

—Pronto, pero quiero deleitarnos en nuestra conexión. Puedo sentir la unión de apareamiento, ¿y ustedes? —preguntó Drogan.

Sí podía. Los *sentía*. Asentí con la cabeza contra el pecho de Lev. Su mano acarició mi espalda sudorosa.

—Sea lo que sea que depare el futuro, lo enfrentaremos juntos. Lo que sea que nuestra hija necesite, estaremos preparados para dárselo. Viken se juntará y estará unido, tal como estamos nosotros —agregó Tor.

Sonreí. —No *exactamente* como nosotros. —No pude evitar sonrojarme, todavía avergonzada por mi pasión descarada por estos hombres, incluso después de lo que acabábamos de hacer.

—Nos juntaste, Leah. Tú eres la persona que salvará a Viken —me dijo Drogan. Los otros hombres murmuraron su concordancia.

—Me gusta eso, saber que ayudé. —Me mordí el labio.

—¿Pero? —preguntó Tor, sabiendo que estaba pensando en algo más.

—¿Pero podemos juntarnos como lo acabamos de hacer... otra vez?

Tor me levantó del pecho de Lev y me colocó sobre el suyo. Él me sonrió. —¿Te gusta cuando te tomamos juntos?

Asentí con timidez.

Él extendió la mano y acarició mi coño, luego mi culo, ambos resbaladizos por la semilla. —¿Estas adolorida?

—¿Y el bebé? —agregó Drogan.

—No estoy adolorida y el bebé está bien. Más, hombres, más —supliqué.

—Con gusto —dijo Tor.

—Sí —agregó Drogan—. Con gusto.

Y me mostraron de nuevo lo unidos que realmente podíamos estar.

¡Continúa leyendo de la siguiente aventura de Novias Interestelares - Unida a los guerreros!

Cuando las circunstancias la dejan sin otra opción más que ofrecerse como voluntaria en el Programa de Novias Interestelares, Hannah Johnson es asignada no solo a un compañero, sino a dos. Sus futuros esposos son guerreros del planeta Prillon, un mundo cuyos hombres son conocidos en todos lados debido a su destreza en las batallas y en la cama.

Luego de ser transportada en una nave espacial hacia el otro lado de la galaxia, Hannah se despierta en presencia de Zane Deston, el enorme y ferozmente guapo comandante de la flota Prillon. Tras hacerle saber que es ahora su compañera, así como la de su segundo, Zane se encarga de supervisar la manera minuciosa e íntima en la que Hannah es examinada. Su incapacidad de cooperar adecuadamente con el doctor de la nave le vale una dolorosa y vergonzosa nalgada sobre su trasero desnudo, pero es la reacción de su cuerpo ante el examen lo que la hace sonrojarse de verdad.

A pesar de su desconcierto ante la perspectiva de ser compartida entre Zane y su segundo, el atractivo guerrero Dare, Hannah no puede esconder su excitación mientras estos dos machos alfa se toman su tiempo para dominar su cuerpo. A medida que el día de la ceremonia de unión se aproxima, Hannah comienza a anhelar el momento en el que Zane y Dare la hagan totalmente suya; pero ¿se arriesgará a entregar su corazón a unos hombres que podrían morir en combate en cualquier momento?

¡Continúa leyendo de la siguiente aventura de Novias Interestelares - Unida a los guerreros!

ESPAÑOL – LIBROS DE GRACE GOODWIN

Programa de Novias Interestelares®

Dominada por sus compañeros

Pareja asignada

Reclamada por sus parejas

Unida a los guerreros

Unida a la bestia

Tomada por sus compañeros

Domada por la bestia

Unida a los Viken

El bebé secreto de su compañera

Fiebre de apareamiento

Sus compañeros de Viken

Programa de Novias Interestelares® : La Colonia

Rendida ante los Ciborgs

Unida a los Ciborgs

Seducción Ciborg

¡Más libros próximamente!

INGLÉS – LIBROS DE GRACE GOODWIN

Interstellar Brides® Program

Assigned a Mate

Mated to the Warriors

Claimed by Her Mates

Taken by Her Mates

Mated to the Beast

Mastered by Her Mates

Tamed by the Beast

Mated to the Vikens

Her Mate's Secret Baby

Mating Fever

Her Viken Mates

Fighting For Their Mate

Her Rogue Mates

Claimed By The Vikens

The Commanders' Mate

Matched and Mated

Hunted

Viken Command

The Rebel and the Rogue

Interstellar Brides® Program: The Colony

Surrender to the Cyborgs

Mated to the Cyborgs

Cyborg Seduction

Her Cyborg Beast

Cyborg Fever

Rogue Cyborg

Cyborg's Secret Baby

Her Cyborg Warriors

Interstellar Brides® Program: The Virgins

The Alien's Mate

His Virgin Mate

Claiming His Virgin

His Virgin Bride

His Virgin Princess

Interstellar Brides® Program: Ascension Saga

Ascension Saga, book 1

Ascension Saga, book 2

Ascension Saga, book 3

Trinity: Ascension Saga - Volume 1

Ascension Saga, book 4

Ascension Saga, book 5

Ascension Saga, book 6

Faith: Ascension Saga - Volume 2

Ascension Saga, book 7

Ascension Saga, book 8

Ascension Saga, book 9

Destiny: Ascension Saga - Volume 3

Other Books

Their Conquered Bride

Wild Wolf Claiming: A Howl's Romance

BOLETÍN DE NOTICIAS EN ESPAÑOL

FORMA PARTE DE MI LISTA DE ENVÍO PARA SER DE LOS PRIMEROS EN SABER SOBRE NUEVAS ENTREGAS, LIBROS GRATUITOS, PRECIOS ESPECIALES, Y OTROS REGALOS DE NUESTROS AUTORES.

http://ksapublishers.com/s/c5

CONÉCTATE CON GRACE

Puedes mantenerte en contacto con Grace Goodwin a través de su sitio web, su página de Facebook, Twitter, y en Goodreads, por medio de los siguientes enlaces:

Newsletter:
http://bit.ly/GraceGoodwin

Sitio web:
https://gracegoodwin.com

Facebook:
https://www.facebook.com/profile.php?id=100011365683986

Twitter:
https://twitter.com/luvgracegoodwin

Goodreads: https://www.goodreads.com/author/show/15037285.Grace_Goodwin

SOBRE GRACE GOODWIN

Grace Goodwin es una escritora reconocida por USA Today por sus libros de superventa internacional de ciencia ficción y romance paranormal. Los títulos de Grace están disponibles en todo el mundo en varios idiomas, en formato de libro electrónico, impreso, audiolibro y apps. Dos mejores amigas, una en quien predomina el lado izquierdo del cerebro y otra donde lo hace el lado derecho, forman el galardonado dúo de escritoras que es Grace Goodwin. Ambas son madres, entusiastas de los juegos de escape, ávidas lectoras e intrépidas defensoras de sus bebidas preferidas (puede o no haber una guerra continua de té y café durante sus comunicaciones diarias). Grace ama saber sobre sus lectores.

www.ingramcontent.com/pod-product-compliance
Lightning Source LLC
LaVergne TN
LVHW012100070526
838200LV00074BA/3851